幽世（かくりよ）の薬剤師

PARALLEL UNIVERSE CHEMIST

3

「………」

空洞淵は黙り込む。早くも酔っぱらっているのだろうか、と訝るが、酒に滅法強い彼女がこの程度の酒量で酔うとも思えなかったので、きっと本気なのだろう。

だが八歳も年下の女性に、幼子のように抱きついて甘える趣味はなかったので、遠慮しておくよ、と控えめに辞退した。綺翠は不満そうに少々頬を膨らませるが、元々それほど期待していなかったようで、あっさり諦めてまた酒器を手にした。

「まあ、夏の吸血鬼騒動も、秋の神籠村の災厄も、あなたのおかげで早期に収拾がついたのは事実なのだから、その功績を認めてあげたってバチは当たらないでしょう。それに——」

綺翠は、ついと視線を逸らす。釣られて空洞淵もそちらへ顔を向ける。部屋の隅には、小さな包みが置かれていた。

「きっとあなたに感謝している人はたくさんいると思うから……その気持ちは、ちゃんと受け止めてあげないと」

「……そう、だね。ごめん」

自戒するように呟き、空洞淵は炬燵から這い出て包みを取って戻ってくる。炬燵の天板にそれを置き、そっと包みを開く。中からは、数片の折りたたまれた薬包紙と、白い布に包まれたゴツゴツした塊が現れる。

薬包紙の中には白い粉薬が、布の中には赤黒い石が入っている。

エクソシストの〈霊薬〉と、錬金術師の〈賢者の石〉——。

秋の終わりに遭遇した二つの少しだけ奇妙な出来事を思い出して、空洞淵は笑みを零した。まるで遥か昔のことのようにも思えるが、実際にはまだ一月とちょっとしか経っていない。

師走の忙しなさが、二つの事件を遠い日の思い出にしてしまったのだろうか。

彼女たちに告げられた感謝の言葉が不意に脳裏を過り、空洞淵は気恥ずかしさを隠すように酒器に残っていたお屠蘇を呷る。

喉を通る冷たく芳醇な酒精は、しかし顔を熱くさせるばかりだった。

仕方なく冷静さを取り戻すために、過ぎ去りし日々へと思いを馳せる。

あれは、神籠村の一件から間もなくのこと。

ようやく日常を取り戻しつつあった空洞淵の元へ、奇妙な相談が持ち掛けられたことに始まる——。

悪魔を纏う娘

I

空洞淵霧瑚が店主代理を務める薬処〈伽藍堂〉が、〈幽世〉唯一の公的な医療機関であるのは自他共に認めるところであり、そのため彼の元には日々様々な来客がある。

特にここ最近は、つい先日まで十日ほど店を閉めていた影響もあり、朝から晩までひっきりなしに患者が訪れていた。

店を閉めていた、と言っても、のんびりしていたわけではなく、別件で遠方まで足を運んで仕事をしており、その際に蓄積された疲労が回復する間もなく矢継ぎ早に新たな仕事が舞い込むものだから、仕事人間である空洞淵でもさすがに参っていた。

いい加減、そろそろ従業員を増やさなければならないとは思いつつも、人材探しの困難さと、仮に見つかったところで一から漢方のいろはを仕込まなければならない大変さのことを考えると、どうしても二の足を踏んでしまうのだった。

さて、そんな伽藍堂への来客は、大半が体調不良の病人なのだが、中には人ならざるモノもいて——。

その日、ようやくここ数日の慌ただしさから解放され、多少のんびりと雑務をこなしていたところ、何の前触れもなく背後から声を掛けられた。

「おい、霧瑚や。〈こーい〉を寄越せ」

まだ幼さを残しながらも、まるで数百年を生きたかのような深みのある不思議な声。

どうしようもなく聞き覚えがあり、空洞淵はため息交じりに振り返る。

すぐ後ろに橙色掛かった黄色の着物を纏った、童女が立っていた。

「なんじゃ、その顔は。せっかく訪ねてきてやったのに甲斐がないわ」

どこか不満げに、おかっぱ頭の童女——槐は、空洞淵を見上げる。

空洞淵は、色々と言いたいことを飲み込んでかろうじて声を出す。

「……いらっしゃい」

「うむ。この頃、一際忙しそうであったからな。心配になって様子を見に来てやったが、息災のようで何よりじゃ」

空洞淵の不満など何のその。まるで気にした様子も見せずに、満足そうに腕を組みながら、槐は囲炉裏の前に腰を下ろした。

空洞淵は歯痒く思いながら、暢気に囲炉裏の火を突く槐を見下ろす。

一見するとどこにでもいるような愛らしい童女ではあるのだが……それを否定するよ

うに、彼女の額、こめかみのあたりからは角のような小さな突起が伸びている。

――鬼。

それは、古来人々の間で恐怖の象徴とされてきた怪異である。

理不尽な暴力の擬人化という形で発生した、怪異の中でもとりわけ古参の存在――それが槐の正体だった。


今から三ヶ月ほどまえのこと。

東京の病院で漢方薬剤師を務めていた空洞淵霧瑚は、〈白銀の愚者〉月詠の策略により、突然この〈幽世〉と呼ばれる異世界へ連れて来られた。

〈幽世〉は、空洞淵が住んでいた現実世界――〈現世〉とわずかに位相のずれた世界。

ここには、〈現世〉から排斥された様々な〈怪異〉が実在している。

日本古来の鬼や、西洋で発生した吸血鬼、果ては神の名を冠した伝承など、枚挙に暇がないほどだ。

そして〈幽世〉へ連れて来られてからわずか数ヶ月のうちに、数多くの怪異と関わることになり、空洞淵の価値観はすっかり変わってしまった。

それはもう、仕事中に突然鬼が押し掛けてきてもそれほど動じない程度には――。

空洞淵が渋い顔をしているのには、もっと別の理由がある。

槐は元々もっと遠くの地に住んでいたのだが、色々あって今は、空洞淵が居候（いそうろう）をさせてもらっている御巫（みかなぎ）神社の隅に勝手に住み着いている。

御巫神社は、伽藍堂からほど近い。そのためこの鬼の童女は、暇を見つけては空洞淵の元へ遊びに来るようになってしまった。

ただし伽藍堂はあくまでも医療機関。訪れる来客の大半がごく普通の人間であるため、暇つぶしに、しかも鬼というなかなかに歴史ある怪異である槐にやって来られると、単純に迷惑なのだ。

ただでさえ空洞淵は、極楽街（ごくらくがい）の中で不当に恐れられているのだ。不審な怪異が頻繁に訪れるなどというよからぬ噂（うわさ）が立っては、本当に空洞淵の医療を求めている人が尻込（しりご）みして来にくくなってしまう。

だから、営業時間中はなるべく来ないでほしいとつい先日も話したはずなのだが……勝手気ままに生きている怪異には、あまり通じていないようだった。

また最近になって知ったことだが、彼女は霊体となり近距離を自由に移動できるらしい。つまり、神出鬼没ということだ。

戸口から入ってくるならばまだしも、いつも気を抜いているところに突然現れるものだから、心臓に悪い。できれば、他の怪異と同じように常に実体化していてもらいたいものだが……そのあたりのお願いも通じていない。

ため息を一つ零してから、まあ、気まぐれな怪異に道理を説いたところで意味もない、と思い直し、生薬の仕舞われた百味箪笥へ向かう。

槐が先ほど言った〈こーい〉とは、〈膠飴〉という生薬をさす。

粳米から作られる飴のことで、滋養が豊富で、身体を温める効果があるとされる。通常は煎じ薬の中に溶かし込んで利用されるものだが、飴なのでそのまま食べても滅法美味い。

空洞淵はこれを、街の飴屋に頼み込んで特別に調整してもらっている。品質が高く、味もよいため大変気に入っているのだが、空洞淵以上に気に入ってしまったのがこの鬼だった。

槐は鬼だけあって酒に目がないのだが、それと同時に甘いものも好む。気まぐれに一度膠飴を与えてしまったがために、こうして頻繁にせびりに来るようになってしまった。浅慮な自分の行いを反省しつつ、一つずつ薄い和紙に包まれた膠飴を三つほど取り出して、槐に渡してやる。

「うむ！　大儀であるぞ！」

まるで邪気のない眩しいばかりの笑顔で受け取ると、早速一つを口に放り込んでコロコロと舌の上で転がし始める。

「はあ……何という上品な甘味じゃ……。あるいは、甘露とはこのようなものなのだろうか」

頬に手を添えてうっとりする槐を見ていたら、苦虫を嚙み潰したような空洞淵の顔も苦笑へと転じてきた。

確かに、槐が力ある怪異であるのは事実だが、人間に対してかなり友好的なので危険性は基本的にない。ならば、もう少し積極的に患者さんと触れ合わせて、街の人の怪異に対する偏見を減らす方向にしてみてもよいかもしれない。

空洞淵自身、ただ会話を楽しむ分には、槐という存在をかなり好ましく思っている。長寿故の経験に裏付けされた揺るぎない信念にはしばしば感服するほどだ。きっと街の人たちとも仲良くできることだろう。

「それにしても」

舌の上で弄ぶのにも飽きたのか、バリバリと嚙み砕きながら槐は話題を変える。

「妾が来るときはいつも仕事をしておるな」

「いつもしてるから仕事って言うんだよ」

「相変わらずクソ真面目な男じゃの。そんなことでは、早々に綺翠に見限られるぞ」

「……………」

反論したかったが、上手く言葉が出てこない。自分が面白味のない人間であることを、重々承知していたためだ。つまり、槐の言うことは紛れもない客観的事実なので反論が思い浮かばなかったのである。

しかし、槐にとってはただの軽口だったようで、空洞淵の心情など知ったことではないというようにまた話題を変える。

「今は何をしておるのじゃ？　豆でも煎っておるのか？」

空洞淵の手元を不思議そうに眺めながら尋ねる鬼。確かに空洞淵は今、浅めの鍋で豆のようなものを乾煎りしている。

「豆じゃないよ」空洞淵は手を止めることなく答えた。「これは、酸棗仁という生薬だよ。核太棗の種子で、不眠なんかに使われるんだ。『薬徴』に曰く、酸棗仁胸膈煩躁し眠ること能わざるを主治する也、ってね。この生薬の面白いところは、よく煎らないとかえって眠りを妨げる作用があるところでね。だから、こうして修治してるんだ」

「しゅうちとはなんだ？」槐は小首を傾げる。

「必要に応じて生薬を加工して、目的とする効能を引き出すこと、かな。だから面倒でもちゃんとやらないと駄目なんだ」

「ふうむ、大変なのじゃな」

他人事のように言って、槐はあくびをした。どうやら退屈させてしまったらしい。

「――とりあえず僕は、休憩がてらこれからお茶でも飲むけど、槐はどうする？」

「お、茶か。馳走になろう」

すぐに興味を移したのか、にこにこしている。何かを企んでいるようでもあり、少しだけ不審に思いながらも、空洞淵は二人分のお茶を手早く淹れて、一つを槐に渡す。

しかし槐はすぐには茶碗に口を付けずに、含みのある笑みを浮かべたまま空洞淵を見つめていた。

「……なに？」

空洞淵が尋ねると、槐は嬉しそうに答える。

「いやさ、まさかお主は、この妾がただ飴をせびりにやって来ただけと思うておらぬか？」

「思ってるけど……」

「ふふん、相変わらず〈こーい〉のように甘い男じゃの！」

勝ち誇った顔で、槐は懐から和紙の包みを取り出す。空洞淵の前でそっとそれを開き、

「じゃーん！　きんつばじゃ！」

和紙に包まれていたもの、それは確かに和菓子の一つ、きんつばだった。

どうやら土産を持参したために、ここまで得意げだったらしい。

「へえ、わざわざ持って来てくれたの？　どうもありがとう」

「なに、礼には及ばん。日頃、世話になっておるからな！」鬼の童女は得意げに胸を反

らす。「さ、茶が冷めぬうちにいただこうぞ。妾はもう待ち切れん」

言うや否や、槐は早速持って来たきんつばの一つを指で摘まむと、かぶり付く。

「うむ……！　相変わらずの絶品であるな……！」

感動したように、うっとりする槐。いただきます、と断ってから、空洞淵も残りの一つを口へ運ぶ。

ほどよく甘いあんこの風味とパリパリとした薄い皮の対比が絶妙で、確かにこれは絶品だ。わずかに感じる塩気もいいアクセントになっている。

「近頃街で流行っている甘味処のきんつばらしくてな。職人が少数しか作れないためにすぐ売り切れてしまうそうな。人気商品なのだから、よく味わって食べるのだぞ」

蕩けんばかりの笑顔を浮かべて槐は言った。

どうやら空洞淵などよりもよほど世情に詳しいらしい。確かにこれだけ美味なのであれば、流行るのも頷ける。しかし見た目も美しく、明らかに一つずつ職人が丁寧に作っていることが窺えるこのきんつばは、さぞ値が張るのではないだろうか。空洞淵のためにわざわざ買ってきてくれたのだとしたら、これまでぞんざいに扱ってきたこともあり、逆に申し訳なさのほうが際立ってくる。

「ねえ、槐。これどうしたの？」

何気ない空洞淵の質問に、鬼の童女は、不思議そうに目を丸くしてから、平然と答える。

「うん？　これは早朝、神社に供えに来た者がおったから、傷むまえに妾が回収しておいたものじゃ。近頃毎日のように、このきんつばが供えられるので、妾は毎日相伴に与っておる」

「——っ⁉」

衝撃の告白にお茶を噴出しかける空洞淵。すんでのところで自制して、口元を白衣の袖で無造作に拭う。それから、あまり考えたくないことを色々と考える。

もし槐の言葉が真実なのだとしたら。

これはどこかの誰かが感謝や祈願のために、御巫神社へ供物として奉納した一品であり、それは詰まるところ、本来は御巫神社に住むあの巫女姉妹の胃の中へと収まるべきものだということを示唆しているのではないだろうか……。

手の中に残るきんつばの、最後の一欠片を見つめ——唾を飲み込む。

御巫姉妹も、槐同様に甘いものに目がない。むしろ、槐以上に美食に対して並々ならぬ情熱を注いでいると言える。

もしもそんな彼女たち（特に姉のほう）にこのことが知れたら——最悪、槐は退治されてしまうのではないか。仮に退治とまではいかなくとも、苛烈なお仕置きが待っている可能性は決して低くない。いくらなんでも、それは空洞淵も心が痛む。

不可抗力とはいえ、彼もその片棒を担がされたのである。ならばここは、沈黙することで主犯を守るのが最善ではないか――。瞬きをするほどの僅かな時間でそれだけのことを考え（その思考は一般的に打算と呼ばれる）、最後の一欠片を口の中に放り込み、大して咀嚼もせずに嚥下した。慌てていたので一部を喉に詰まらせるが、それもお茶で強引に流し込む。

証拠隠滅である。

「どうしたのじゃ、霧瑚や。そんなに慌てて飲み込んで。ははあ、さては美味すぎたのだな。まったく、お主はまだまだ未熟じゃの。せっかくなのじゃから、妾のようにこうしてゆっくり味わって食べねばもったいないなかろう」

空洞淵の心も知らず、槐は暢気だ。

この〈幽世〉に住むものの間には、御巫神社の姉巫女と〈国生みの賢者〉だけは怒らせてはならない、という不文律が存在するはずなのだが……どうやら危機感がないらしい。

まあ、しばらく極楽街から離れて暮らしていたのだから、それも致し方ないのかもしれないけれども……。仮にこの事実が御巫姉妹に知られてしまった場合には、なるべく手心を加えてもらえるよう共犯者として進言しよう、と胸に誓いながら、残ったお茶を啜っていたところで――突然、勢いよく戸が開かれた。

「——おい、空洞の字。暇か？」

聞き覚えのある声に、また苦い顔を浮かべながら視線を向ける。

戸口には、教会の神父が身に着けるような黒のキャソックを着て、頭には黒いテンガロンハットを被った如何にも怪しい風体の男が立っていた。その出で立ちと猛禽類のような鋭い目付きからは、死神かもしくはそれに類するものにしか見えない。

そんな存在自体が不吉な男は、朱雀院という。

職業は——祓魔師。

この〈幽世〉で、現状三人しか存在しない〈祓い屋〉の一人である。

2

「相変わらず狭苦しいところだな、っと」

許可も待たずに、勝手に靴を脱いで上がり込んでくる漆黒の男。

空洞淵は、また深い溜息を吐く。

「どうしてみんな仕事中に平気で訪ねてくるんだ……」

「あん？　忙しいのか？」

「いやまあ、今は暇だけど……」

「なら問題ねえじゃねえか」

まるで悪びれもせず囲炉裏の前に座ろうとして、先客に気づく。

「……なんだよ、鬼もいたのか」

「うむ、朱雀か。息災であったか？」

さすがは数百年を生きる傀。突然現れた自分の天敵とも言える祓い屋を見てもまったく動じない。

朱雀院は、バツが悪そうに口を曲げ、咥えていた火の点いていない煙草をキャソックのポケットに戻した。薬処の中が禁煙であることを思い出したのだろう。

どうやら朱雀院も、このまま居座るつもりらしい。仕方なく空洞淵は全員分のお茶を淹れ直す。

二人の前へ茶碗を置いてから、空洞淵は朱雀院へ向き直り改めて尋ねる。

「で……何の用？」

「まあ、そう急くなって」

漆黒の男は、淹れたばかりのお茶を熱そうに啜って一息吐く。

「ときに空洞の字。おまえさん、最近どうだ？」

「どうと聞かれても……忙しいけど」

「そうか。俺はな、暇なんだ」

「はあ……」

意図がわからず、間の抜けた返事をしてしまう。祓い屋が暇ということは、わけのわからない怪異が悪さをしていないということになるのだから、基本的にはよいことなのではないだろうか。

朱雀院は、低い声で続ける。

「ところが綺翠嬢ちゃんや、釈迦(しゃか)の字のほうはいつもと変わりなさそうな印象を受ける。実際、嬢ちゃんは近頃とりわけ暇してるわけでもないだろ」

確かに、綺翠から近頃お祓いの仕事が減っているという話は聞いていない。もっとも、綺翠の場合は祓い屋というよりむしろ本業は神事なので、仮にお祓いの仕事が少なくなったとしても影響は少ないのかもしれないけれども。

それにしても、そのような事実があるのだとしたら、彼女が空洞淵に何も言わないのは不自然だ。このことから導き出される答えは――。

「ひょっとして、他の二人よりも腕が劣るから干されてる？」

「ンなわけあるか！　嬢ちゃんはともかく、釈迦の字よりは真面目だし腕もいいわ！」

言われてみれば、見た目は凶悪なものの少なくとも朱雀院のほうが仕事に関しては真面目な印象がある。というか、もう一人の祓い屋であるところの釈迦の字もとい釈迦堂が不真面目すぎるだけな気もするのだけれども。

朱雀院は頭に上った血を下ろすように、細く長く息を吐く。

「……元々、俺ら祓い屋は、互いにある程度仕事を分担してやってるんだ。西洋系の怪異は俺の担当で、東洋系の怪異は釈迦の字と嬢ちゃん、っていうふうにな」

そのような取り決めがあったとは初耳だ。

「祓い屋は、怪異であれば何でも祓えるものだと思ってたよ。あれ？　でも、吸血鬼騒動のときは？」

吸血鬼なんて西洋系怪異の代表格ではないか。巫女である綺翠や、法師である釈迦堂が平然と祓っていたのは、思い返してみれば少し不思議な気もする。

「あのときは非常事態だったからな。空洞の字の言うとおり、基本的には怪異であれば大抵のモノは何でも祓える。ただ、存在や発生が特殊なものだと、祓うのに専門知識が必要になることがあるからな。そういう意味で、念のため分担してるって感じだ」

確かに西洋系と東洋系では、宗教観の違いなどもあるため、必要な知識が異なりそうだ。先日の神籠（かみごも）村の一件の場合、相手が所謂（いわゆる）神道（しんとう）的な〈神〉であったため、巫女である綺翠がまさしく適任であったのかもしれない。キリスト教は一神教だし、仏教に至っては神がいないのだから。

「まあ、そんなふうに今まではそれなりに上手くやれてたんだがな……ところが最近、この均衡を崩されそうでな」

渋い顔で朱雀院はお茶を啜る。

「どうやら新たに西洋系の怪異を祓うやつが現れたらしい」

意外な言葉に空洞淵は目を丸くした。

「え、四人目の祓い屋が現れたってこと？ 〈幽世〉の祓い屋は、全部で三人しかいなかったんじゃないの？」

「いや、そんな決まりはねえよ」祓魔師は肩を竦める。「今はたまたま三人しかわかってないだけで、これから増える可能性は十分あるぞ。過去には、同時期に五人以上いたこともあるらしいし。まあ、強いて言うなら、最低一人は祓い屋が生まれる、ってのが〈幽世〉の決まりだな」

「最低一人？」

「神社の嬢ちゃんだよ。御巫神社に生まれた長姉には、必ず退魔の力が宿る。あちらさんの言葉で言えば、〈破鬼の巫女〉ってやつだな。街の連中もそれを知ってるから、御巫神社の長姉を特別視してるわけだ」

確かに、御巫神社には魔を祓う霊刀が代々伝わっているようだし、〈幽世〉の怪異が何か悪さをしても、常に御巫の巫女がそれを祓えるのであれば、ある程度の平穏は保てる。

〈国生みの賢者〉が、〈幽世〉の安全装置として、予めそのように設定していたとしても不思議はない。

「でも、祓い屋が増えるのはいいことなのでは？　このまえみたいに、また怪異が急増するようなことになったら大変だし」

先の吸血鬼騒動のときは、吸血鬼が増えすぎて一時期対応しきれなくなっていたのだから、人手が増えることは純粋によいことだと思える。

「四人目の祓い屋が現れたこと自体はまあ、別にいいんだよ」朱雀院はまだ渋い顔をしている。「問題はそいつがダンピングしてることだ」

「だんぴんぐ、とはなんじゃ？」これまで黙って話を聞いていた槐が尋ねた。

「ええと、日本語にすると不当廉売、かな」朱雀院に代わって空洞淵が答える。「つまり、相場よりも不当に安い価格で商売をしてるってこと」

鬼の童女は、それは難儀じゃの、と他人事のように言ってのんびりお茶を啜った。

話の腰を折られた形になったためか、朱雀院は多少不服そうに続ける。

「……何でもそいつは、無償で祓い屋をやってるらしい。別に俺だって金のためにやってるわけじゃねえし、釈迦の字みてえに金に執着してるつもりもねえが、それでも何事にも適正価格ってもんがあんだろ」

確かにそれはなかなか由々しき問題であるように思う。生活のことはもちろん、必要経費などもあるだろうに……。いったい何故そのような慈善事業をしているのだろうか。

「あれ？　でも、それならどうして朱雀さんだけ？」

当然のように最初の疑問へ戻る。綺翠や釈迦堂の仕事が減らないのに、何故、朱雀院ばかりが割を食っているのだろうか。綺翠や釈迦堂はこれまでどおりお祓いで報酬を得ているのだから、無償の祓い屋が現れたのであれば、当然、多少の腕の差があったとしても、いくらかは依頼者がそちらへ流れていきそうな気もするが……。

その問いに、漆黒の祓魔師は口を曲げて答えた。

「その祓い屋ってのが……エクソシストらしいんだよ」

エクソシスト――この手の話題に疎い空洞淵でもその名は知っている。

キリスト教において、その教義から外れる異端を処理するために設置された役職の一つだ。本来ならば存在してはならない邪悪なる存在を、秘密裏に無に帰すことを生業とする存在である。

主な仕事は、悪魔祓い。悪魔祓いとはその名のとおり、『悪い』『魔』を『祓う』ことを指す。キリスト教における悪魔とは信仰妨害を目的とした存在であり、信仰者に取り憑くことでその者を堕落させる忌むべきモノとされている。尚、教義の矛盾を内包する存在に関して、悪魔憑きに遭うことは信仰上の試練の一つである、という解釈がなされている。

そんな悪魔憑きを救済する責を負っているのがエクソシストであり、またの名を祓魔師ともいう。

　つまり、朱雀院の完全な同業者だ。一般的なエクソシストが対象としているのが〈悪魔憑き〉という西洋怪異なのであれば、極楽街で西洋怪異全般の対応を担っていた朱雀院からのみ、その新手のエクソシストへ依頼者が流れるのも頷ける。

　朱雀院の説明を聞きながら適当に頷いて、空洞淵は腕組みをした。

「……きみの近況のほうは十分に理解できたけど、それで僕にどうしてほしいの？　言っちゃ悪いけど、僕はただの薬師であってきみの仕事の役には立てないと思うけど」

「ああ、悪い。ここからがようやく本題なんだけどな……」

　死神のように不吉な男は、湯飲みに残ったお茶を一気に呷ってから告げる。

「どうにもそのエクソシスト様ってのが胡散臭くてな。インチキかもしれねえから、これから悪魔祓いを見学させてもらうことになってるんだが……おまえさんにもちょっと同席してもらおうと思ってな」

「……だから、僕は忙しいってさっきも言ったはずだけど」

　いい加減早く作業に戻りたかったこともあり、少し言葉にとげが出る。しかし、朱雀院はそんな空洞淵の反応も見越していたように言葉を重ねる。

「まあ、聞けって。ガキの使いじゃねえんだから、何も一人が寂しくて空洞の字に付いてきてもらおうってんじゃねえんだ。専門家のおまえさんの意見を仰ぎたくてな」

「専門家?」

「ああ。どうもその祓い屋は、〈霊薬〉って不思議な薬を飲んで、感応霊媒で怪異を祓うらしいんだ」

霊薬、という言葉に空洞淵は耳ざとく反応してしまう。

「お祓いをするのに、薬を飲むのかい?」

「そうらしいな。実際に見たわけじゃなくて俺も又聞きだから何とも言えんが……これから見にいけばわかるだろ」

「かんのーれーばい、というのは何じゃ?」

話に飽きたのか、いつの間にか板の間に寝そべって足をばたつかせていた槐が、ぴたりと動きを止めて尋ねる。今回は空洞淵もわからなかったので黙って朱雀院の言葉を待つ。

「感応霊媒ってのは、要するに相手に取り憑いてる怪異を自分に乗り移らせて、自分の中で処理するタイプの祓魔法だな。面倒な上に危険だから、普通はそんなことやらねえんだが……」

「きみや綺翠がやってるのとはどう違うの?」

「直接的か間接的かの違いだな。俺や嬢ちゃんは前者で、直接怪異を殴ったり斬ったりすることで怪異を祓える。逆に感応霊媒は後者で、何かしらの媒介を使って、怪異を自分の中に取り込むことで怪異が祓えるわけだな。で、そのエクソシスト様が使ってる媒介ってのが、問題の霊薬なわけよ」

「ふうん……」朱雀院の言葉を吟味するように空洞淵はしばし思考を巡らせる。「その感応霊媒は、危険なのかい？」

「ああ、少なくとも俺ならやらんね。怪異を自分の中に取り込むなんて、そのまま取り殺されるかもわからんからな。空洞の字だって、仮に他人の病気を吸収できる能力があったとしても、実践したくねえだろ」

それはそうか、と納得する。相手が本当に危険な状態で、かつ自分の回復力ならばどうにかなる、という目算が立つような状況であれば、わからないけれども……。

ただ、薬を使って怪異を祓う、というのは正直興味がある。それに、何故危険を冒してまで祓い屋をやっているのか、そして何故、慈善事業のように無償でそれを行っているのか、というのも少々気掛かりだ。

話を聞いてしまった以上——今さら知らないふりもできない。

「……わかったよ。仕方ないから一緒に行ってあげよう」

「そうこなくちゃな！」

ため息交じりの空洞淵に向けて、朱雀院は嬉しそうに指を鳴らす。

おそらく初めから空洞淵のお人好(ひとよ)しを利用する算段だったのだろうと思うと、恨めしい気持ちが湧かないわけでもないが、ここは大人しく口車に乗せられることにする。

幸い、忙しさのピークは過ぎている。今日はもう店仕舞いしたところで大きな影響もないだろう。

「そうと決まれば、善は急げだ。早速行こうぜ。昼飯くらいは奢ってやるよ」

「それはありがたい」

立ち上がる朱雀院に、空洞淵も続く。

ちょうど今日は、御巫姉妹が揃って朝から家を空けてしまっているため、昼食はどこかで適当に摂らなければならなくなっていたのだった。

「槐はどうする？」

退屈そうに寝そべり大あくびをする鬼の童女に尋ねてみる。

「あん？　妾がそのような些末事に拘うはずもなかろう。用も済んだし神社へ戻って昼寝でもするわ」

おもむろに立ち上がって、一度大きく伸びをしてから、槐は告げる。

「それと朱雀や。お主、次から霧瑚に頼み事をする際には、土産に酒の一つでも持ってこい。まったく、この街の男どもは気の利かぬ盆暗ばかりで困る」

言いたいことだけを横柄に言って、槐は現れたときと同じように、まるで初めから存在しなかったかのように消えていった。

渋い顔でその様子を眺めていた朱雀院はぽつりと呟(つぶや)く。

「おい、空洞の字。俺が言うのも何だが……おまえさん、付き合うヤツは選んだほうがいいぞ。ただでさえ、街の連中にビビられてるんだから」

「……自覚はあるんだけどね」

空洞淵も何故、街の有力者や強力な怪異にここまで気に入られてしまっているのかわからない。確か以前綺翠が、空洞淵は怪異の好む〈匂(にお)い〉をしている、というようなことを言っていたが……やはりそのあたりが関係しているのだろうか。

いずれにせよ、このままでは街の人たちに恐れられて満足な医療を行えなくなる可能性もある。今後の身の振り方について、もう少し真面目に考えようか、と真剣に悩み始める空洞淵だった。

3

烏丸倫陀(からすまりんだ)。

それが件のエクソシストの名前らしい。

目的地へ向かう道すがら、空洞淵は朱雀院から簡単な説明を受ける。

何でもその新人エクソシストは一ヶ月ほどまえから定期的に〈悪魔憑き〉を自宅へ連

れてきて、悪魔祓いを行っているらしい。

「まあ、実際のところ、確かにその烏丸ってエクソシストが、俺より腕がいい可能性はある」

煙草を口に咥え、キャソックのポケットに両手を突っ込んだ朱雀院は言う。

「それならそれで構わねえんだよ。だがな、何事にも適正な報酬ってもんが必要だ。ロハってのは、大抵ろくなことにならん。違うか？」

「そうだね、概ねきみの言うとおりだとは思うよ」

空洞淵は同意を示す。本来有料であるはずのものが無料になることは、市場原理の否定に他ならず、その行き着く先には緩やかな破滅が待っているばかりだ。

ただ、以前の吸血鬼騒動のときには、無償で街中に薬を配ったこともあるので、ケースバイケースではあるのだろうけれども。

「ところで、僕なんかが急に見学に同行しても大丈夫なものなの？」

「さあ……大丈夫なんじゃねえの？」雑に答えて、朱雀院は紫煙を吐く。「見学者が一人いようが二人いようが、大差ねえだろ」

「そうかなあ」

少し不安だ。見学者が増えたせいで悪魔祓いに集中できなくて失敗してしまった、なんてことになったら申し訳ない。

それにしても、見学を自由に許可しているというのが、空洞淵には意外だった。

宗教的意味合いにおいて、悪魔憑きであることは決して喜ばしい状態ではないはずだ。故に本来、悪魔祓いとは秘密裏に行われるべきものであり、ましてやそれを一般に公開するなどということは、神への冒瀆に等しい行いなのではなかろうか——などと、怪異にも宗教にも明るくない空洞淵は心配になってしまう。

もっとも、すぐ隣で煙草を吹かしながら歩いている聖職者など、存在が神への冒瀆であるような気もするので、彼らの神様はとても大らかな存在なのかもしれないけれども。

目的地である烏丸邸は、極楽街の目抜き通りを抜けた先、街のやや外れにあった。

エクソシストということで、てっきり洋館に住んでいるものと思いきや、意外にも平屋の日本家屋だった。お屋敷、と呼べるほどのものではない、平均的な造りだが、伽藍堂と比較したら数段格上の立派な建物だろう。

ただ、あまりにも見た目が普通の民家であったため、目的地が本当にここで合っているのかと、空洞淵は訝しく思いながら朱雀院を見るが、朱雀院自身も確信が持てないらしく、しきりに首を傾げている。

時刻はまだ昼まえである。こんな中途半端な時間に、家の前で怪しい風体の男が二人たむろしていては迷惑になるのでは、と思い始めたところで、不意に玄関戸が開いた。

空洞淵たちは同時にそちらへ視線を向ける。

薄暗い戸口には、一人の女がぽつんと佇んでいた。

まるで幽鬼のような女の出で立ちに驚き、思わず息を呑む。

病的なまでの肌の白さ。まだ少女と呼んでも差し支えない年齢だとは思うのだが、肌に張りはなく、雰囲気も女性特有のやわらかさとは無縁で、あまりにも貧弱に見える。

くすんだ黒髪には一見して枝毛が目立っているし、かさついた唇はもはや痛々しいくらいなのだが、病弱な様相とは裏腹に、落ち窪んだ眼窩からはギラついた双眸が覗いており、鬼気迫る異彩を放っていた。

元々の目鼻立ちが整っているだけに、凄みが半端ない。

所々傷んだ、しかし上等な墨染めのドレスから痩せこけた手足が伸びている様は、いっそ憐れにも見えるが、全身からは自信に満ちた不可視の気のようなものを発しており、見る者に弱々しい印象を与えなかった。

総じて、不健康ながらも美しく、どこか高貴な雰囲気を持った不思議な少女だった。

目の下の隈を一撫でしてから、少女は空洞淵らを一瞥し、口を開いた。

「――ご用件は？」

一瞬、少女の他にもう一人誰かいるのかと思った。耳朶に響いた声は、それほど嗄れていて若々しさを感じなかった。しかし、すぐにそれが目の前の少女から発せられたものだと気づき、慌てて用件を告げる。

「えっと、僕らは悪魔祓いの見学にやって来たのですが……」

「――見学ご希望の方ですね。どうぞ中にお入り下さい」

目を伏せてそう呟くと、返事も待たずに家の中へ引き返して行ってしまった。空洞淵たちは少し躊躇したが、すぐにその背中を追う。

必要以上に狭く、薄暗い廊下は、埃っぽく、饐えた臭いがした。

「――儀式の準備のため明かりは点けておりません。足下にお気をつけください」

背後を見ようともせず、独り言のように少女は呟く。暗がりで聞くとやはりその声は年頃の少女のものとは思えない。少し不気味だ。

鶯張りのような歩く度にみしみしと鈍い音を奏でる廊下を進み、二人は六畳ほどの座敷に通された。相変わらず室内は薄暗く、空気はじっとりと湿り、重たい。

墨染めの少女は座布団を床に敷き、それからようやく二人に向き直り、口を開いた。

「――儀式の開始には、もうしばらく時間が掛かりますので、お座りになってお待ちください」

言われるまま座布団に座る二人。少女はすでにこの空間の絶対的な支配者となっていた。二人が座ったことを確認してから、彼女は慇懃に頭を下げた。

「――それでは、私は準備があるのでこれで失礼いたします。代わりの者がお茶をお持ちしますので少々お待ちください」

「あ、いえ。勝手に押しかけたのはこちらですので、どうかお気遣いなく」

遠慮の言葉を無視して出て行こうとした少女の背中に、朱雀院は声を掛ける。

「なあ。あんた、この家の人かい？」

少女は振り返り、朱雀院をじっと見つめながらこくりと頷いた。そして胸元に手を添えて僅かに口元を歪（ゆが）めると、誇らしげな口調で告げた。

「申し遅れました。私は烏丸倫陀。この家の主人にして、最高のエクソシストです。憐れなお客人——どうか、奇跡の神技（しんぎ）を存分にご堪能（たんのう）くださいませ」

墨染めの少女——烏丸倫陀は謳（うた）うようにそう語ると、再び深く頭を下げて、今度こそ部屋を出て行った。

完全にペースに飲まれてしまっている。

「……調子狂うな」

家へ入るまえに煙草をもみ消してしまったために、手持ち無沙汰（ぶさた）な様子で朱雀院は小さく舌打ちをした。

「……てっきり男だと思ってたぜ」

「ああ、例のエクソシストか。僕もそう思ってた」

烏丸倫陀という名前からでは、性別は判断できない。ただ目の前の祓魔師同様、こんな感じの怪しい男だと勝手に想像していたので、それが年端もいかない少女だった、というのは意外といえば意外だった。

ただ、それよりもむしろ空洞淵は、少女の身体状況のほうが気になった。あれは明らかに体調を損なっている。具体的にどこが悪いのかは診てみないとわからないが、診せてくれるとも思えない。おそらく少女は、自分の状態に気づいていないのだろう。

正直、興味本位でここまでやってきたが、どうにもまた厄介事に関わってしまったような予感がする。

しばらく無言のまま男二人で室内の湿った空気を吸い続けるが、さすがに落ち着かなくなって空洞淵は沈黙を破る。

「ねえ、朱雀さん。この演出的な暗さや空気の滞留は、悪魔祓いに必要なものなのかい？」

「どうかな」朱雀院は首を傾げる。「悪魔が好む環境を意図的に作り出すことには意義があると思うが……ここまで過剰にする必要があるのかどうかはわからんな。生憎と、間接的な悪魔祓いは門外漢だ」

「そういえば、朱雀さんが祓い屋やってるところはまだ見たことなかったな。綺翠は霊刀で直接怪異を斬るけど……きみはどうやって怪異を祓ってるんだい？」

「そらもう、この拳でよ」

自慢げに拳を掲げて見せてから、朱雀院はポケットから黒い手袋を取り出す。革製に見えるが、表面に複雑な紋様が描かれている。如何にも怪しい魔術用具という印象だ。

「別に素手でもいいんだが、霊力を増幅するための媒介を、大抵の祓い屋は持ってるもんだ。嬢ちゃんなら小太刀、釈迦の字なら錫杖って具合にな。俺の場合は、この手袋を着けることで怪異に直接霊力を流し込んで祓うって感じだ。つまり、殴りつける」

「……きみらしいね」

「何か含みがありそうな言い方だな」

「他意はないよ」

誤魔化すように肩を竦めて見せたところで、先ほど閉じられたふすまが再びすっと開かれた。

「失礼します」

蚊の鳴くような声でそう告げて、一人の小柄な少女が部屋の中に入ってくる。少女は、空洞淵たちから目を逸らすように畳に膝を突くと、深々と頭を下げた。

「お茶をお持ちいたしました」

男二人は、虚を突かれたように顔を見合わせるが、代表して空洞淵が応じた。

「ああ、これはご丁寧にどうも。でも、堅苦しいのは苦手なので、どうかお気遣いなく」

空洞淵の言葉に、少女はゆっくりと顔を上げる。

年の頃は十五、六。神社の妹巫女と同じくらいだろうか。

長い髪をまとめるように、大きなリボンで結っている。この薄暗闇の中で尚暗い、黒瞳（こくとう）。少し陰気な雰囲気はあるが、可愛（かわい）らしい少女だ。

小さな体軀（たいく）を臙脂色（えんじいろ）の小袖に包み、その上から真っ白いエプロンを着けているところを見るに、女給さんなのかな、とも思うが、その身に纏うどこかくたびれたような印象には、先ほどのエクソシストの面影が垣間見（かいまみ）えた。

どうやら朱雀院も同様の感想を持ったらしく、俯（うつむ）いたままお茶とお茶菓子を給仕している少女に向かって何気なく問い掛ける。

「なあ、あんたもしかして――」

「ひんっ！」

皆まで言い終わるまえに、少女は驚いた猫のように、びくん、と一度大きく震え、小さな身体を竦ませてしまった。

どうやら死神のような不審な男が突然声を掛けたものだから怯（おび）えさせてしまったらしい。顔が怖いのだから仕方がない。

「驚かせてしまってすみません」代わりに空洞淵が謝罪する。「しかしこの男、顔は凶悪ですが、意外と無害なのでどうかご安心ください」

「おいコラ、空洞の字！　もっと他に適切な言い回しがあるだろうが！」

朱雀院はがなるが、彼とは対照的に少女は惚けたような顔で呟く。

「空洞の字……？」

それから少女は、涙で潤んだ瞳で空洞淵を見つめながら問う。

「……あ、あの……失礼ですが、ひょっとして最近、街へやってこられた新しい薬師の先生というのは……？」

恐怖からか、それとも緊張のためか。まだ小さく震えながら少女が尋ねてくる。

空洞淵は緊張を和らげるため、いつもより口調を柔らかくして答えた。

「はい。僕がその薬師です。空洞淵霧瑚と言います。ご用の際はいつでもどうぞ」

「ご、ご丁寧にすみません……。空洞淵先生、ですね。申し遅れましたが、私は、烏丸綸音です。エクソシストの、妹です……」

恐縮したように、少女——綸音は慌てて頭を下げた。

顔つきはあまり似ていないが、雰囲気は似ていたのでもしやと思ったが、やはり姉妹だったか。

綸音のほうは、お姉さん——倫陀と比べて健康状態が良好なようだ。ただ妙に気落ちしているふうにも見える。何かつらいことでもあったのだろうか……？

強面扱いされた朱雀院は不満げな様子だったが、多少己の在り方を省みたように気を取り直してから、綸音に謝る。

「その、悪かったな。驚かせるつもりはなかったんだが……。俺は朱雀院ってケチな宗教家だ。よろしくな」

さすがにこの場で祓魔師を名乗るわけにはいかないと判断したか。

朱雀院の言葉に、綸音は申し訳なさそうに、失礼しました、とまた謝罪した。

「ところで、少しお話を聞かせてもらってもいいですか？」空洞淵は尋ねる。

「あ……はい……。その、私で答えられる範囲なら……」

少女は、警戒を強めるように背筋を伸ばす。構えられると色々とやりにくいが、致し方ない。

「あなたのお姉さん、倫陀さんは、凄腕のエクソシストらしいですね」

「……ぁ、はい」

基本的な質問のはずが、何故か綸音は気まずそうに言葉を濁してしまう。どうやら何か事情がありそうだが……すぐにそれを誤魔化すように続ける。

「お姉ちゃ……いえ、姉はとても優秀です。私は……本当に、尊敬しています」

「なるほど……。お姉さんのことが大好きなんですね」

「……もちろんです」

年相応の、可愛らしいはにかみを浮かべる綸音。姉が好き、という話を聞いて、空洞淵はまた神社の妹巫女のことを思い出した。姉の話が出たためか、綸音の表情は幾分か和らいだように見えた。

「この家には、二人で住んでいるんですか？」

「はい……姉、私の二人でずっと住んでいます。両親は、幼い頃に亡くなってしまったので」

神社の巫女姉妹と境遇が似ている。若いのに大変だな、と空洞淵は感心する。

「なら、生活費も二人で工面しないといけないと思うのですが……それなのに何故、悪魔祓いを無償でやっているんですか？」

「幸い両親は、私たちが大人になるまで不自由しないくらいのお金を残してくれましたから……」少し気まずげに綸音は目を逸らした。「それに姉は、困っている人からお金をもらうことをよしとしていませんので、それゆえに悪魔祓いも無償でやらせていただいております」

朱雀院が何か言いたげに身じろぎをするが、それを制するように空洞淵は先に口を開く。

「立派な心掛けですね。きっと悪魔祓いを受けた方々も感謝されていることでしょう。ところで、倫陀さんは悪魔祓いの際、〈霊薬〉と呼ばれる特殊な薬を飲まれると伺ったのですが、本当なのですか？」

ようやく本題に入る。やはり一介の薬師として、そんな薬が本当に存在するのか、或いは存在するのならばどのような作用機序を持つのか、とても気になる。

はい、と特に疑いも見せずに綸音は頷いた。

「〈霊薬〉の服用により一時的に感応能力が増幅するのです。えっと……つまりですね、より怪異に好まれやすくなるのです。自身の身体を依代とする感応霊媒には……その、必須のものです」

どこか含みのある言い方だな、と空洞淵は思った。複雑そうな表情を浮かべる綸音を見て、もう少し踏み込んだ質問をしようとした丁度そのとき。

失礼します、という声とともに、綸音の背後のふすまが開かれた。

ふすまの向こうに立っていたのは、家主——烏丸倫陀だった。

倫陀は、空洞淵たちを睥睨するように見下ろしてから妹へ視線を移すと、老女のような嗄れた声で言った。

「——綸音、何をしているのです。早く準備に戻りなさい。悪魔は待ってくれませんよ」

「は、はい！　も、申し訳ありません！」

慌てて立ち上がると、空洞淵たちへ一度頭を下げてから、綸音は去って行った。

去り際に「神様は……けど……なら……」とぼそぼそ呟いていたが、詳細はよく聞こえなかった。

それから倫陀は、改めて空洞淵たちへ視線を戻し、小さく溜息を吐く。

「――お客人、あまり手を煩（わずら）わせないでください。それでは、もうしばらくお待ちください」

無感情にそう告げると、音もなくふすまを閉じて去って行った。

残されたのは、申し訳程度の自己主張で畳の縁（へり）に置かれたお茶とお茶菓子だけだった。昼飯時ということもあり、若干空腹だった空洞淵は、他にやることもないのでそれをいただくことにする。

偶然にもお茶菓子は、例のきんつばだった。今日はきんつばに縁のある一日だ。早速遠慮なく頬張る。やはり絶妙な甘みと食感が癖になる味わいだった。是非とも巫女姉妹に買って帰ろうと心に決める。

朱雀院は多少ふて腐れたように、きんつばを口に放り込んだ。どうやら甘いものが苦手なようで、顔をしかめながらお茶で流し込んでいる。もしかしたら、顔を怖がられたので気持ちが沈んでいるのかもしれない。見た目に反して意外と繊細なようだ。

早々にお茶菓子も食べ終わり、手持ち無沙汰のまましばらく待っていると、再びふすまの向こうから声を掛けられた。

「……失礼いたします」

音もなく開かれるふすま。その先には三つ指を突いて頭を垂れる綸音の姿が。

「……儀式の準備が整いましたので、ご案内致します」

ゆっくりと顔を上げる。先ほどまでとは異なる、驚くほど冷たい表情だった。

4

廊下を歩きながら、空洞淵は「きんつばご馳走様でした」とお礼を述べてみたが、綸音はどこか冷ややかな笑みを浮かべながらちらと振り返り、「……ただの、きんつばですよ」と応えただけだった。

どうにも先ほどと様子が異なり、空洞淵は少し心配になってしまうが、大人しく少女の背中に付いていく。

連れてこられたのは、深奥の大部屋だった。

造りは板の間の和室なのだが、内装が洋風に統一されており、所謂和モダンな雰囲気になっていた。雨戸が閉められているためか、室内は薄暗い。光源は、ゆらゆらと心許なく揺らめく数本の蝋燭のみ。〈国生みの賢者〉の屋敷も似たようなものだが、あちらよりも尚暗く、本当に最低限の明かりしか灯されていないようだった。

中央には寝台が設置されており、その上には病衣にも似た純白のワンピースを着た女性が横たわっている。どうやら彼女が本日の悪魔憑きのようだ。

空洞淵たちは足下に注意しながら、見学スペースである部屋の隅へ移動する。

改めて寝台の上の女性に目を向ける。両手が腹部で組み合わされ、規則的に上下していた。眠っているようだが、しかし額に浮かぶ玉のような汗から、その眠りが決して安らかなものではないことが窺える。時折呻き声を上げたかと思うと、小刻みに震えて苦しそうに身をよじる。

悪魔憑きという症例に馴染みがなかったので、こっそりと隣に佇む専門家に視線を向けるが、当の本人は空洞淵の目配せにも気づかないようで、とても真剣な顔を悪魔憑きの女性へ向けていた。

空気は澱み、沈んでいる。湿り気を帯びたそれはどこかかび臭く、長居をしたら肺を病みそうだ。

戸口からは薄暗くてよく見えなかったが、寝台の奥にはもう一台、簡素な寝台が設置されていた。

その上に——闇よりもなお昏いドレスに身を包んだ、烏丸倫陀が腰掛けていた。空洞淵たちを認めると、倫陀は気怠げに、しかしどこか優雅に立ち上がる。

不健康に落ち窪んだ眼窩から、強い意志を感じさせる瞳を覗かせて、若きエクソシストはシャンソンでも歌うように嗄れた声で言う。

「――それでは、お客人。簡単に、儀式の流れをご説明いたします」

深々と頭を下げる倫陀に釣られて、空洞淵と朱雀院も頭を下げる。朱雀院は意外にも礼儀正しく、テンガロンハットを胸元に抱えていた。

「こちらの方が本日祓う悪魔憑きです。悪魔祓いは苦痛を伴うため、今は眠っていただいております。まず、霊的な力を強めるため、私はこれから霊薬を服用いたします。その後、祈りを捧げて意識と力を集中させます。その集中が頂点に達したとき――彼女に憑いている悪魔は、私の身体に乗り移ることでしょう。このとき、悪魔は私の身体を乗っ取ろうと暴れますが、どうかお気になさらずに。決して、私に触れたり、あるいは助け起こそうなどとは考えないようご注意ください。そしてその後、私が意識を失ったら、儀式は終了となります」

改めて詳細を聞くと、かなり過酷な儀式のようだ。空洞淵はわずかに緊張し、唾を飲んだ。

「儀式に関して、もう一つ注意事項がございます。儀式の最中は、極力口を開かないことをお勧め致します。彼女から離れた悪魔が、あるいはあなた方に取り憑く可能性もありますので。なるべく悪魔に注意を向けられないよう、静かにしていてください。何か質問はございますか？」

突然話を振られて、悪魔祓いの何たるかもよくわかっていない空洞淵は戸惑うが、元よりこちらは素人（しろうと）だと思われているはずなので、気にせず尋ねる。

「我々はここで何もせず、ただこうしてその悪魔祓いの儀式を見学させていただくだけで構わない、ということですか？」

「はい。ただし儀式の際は、妹の――綸音の指示に従ってください」

傍らで俯く妹に目配せをする。綸音は、どこか緊張した面持ちで佇んでいる。

「儀式の時間はどれくらい掛かるものなのでしょう？」

「そう、ですね。一概には申し上げられませんが、半刻（はんとき）ほどみていただければ十分かと存じます」

半刻――およそ一時間だ。

綺翠や釈迦堂の場合は、ほとんど時間を掛けることなく怪異を祓ってしまうため、やり方が違うだけでそれほどまでに時間が掛かってしまうというのは、新たな知見だった。

朱雀院の顔を窺ってみるが何も言わないところを見ると、特にここまで疑問などはないようだ。

「――それでは始めます」

宣言とともに、倫陀は簡素なほうの寝台に腰掛ける。エクソシストに歩み寄った妹は、飲み物の入った湯飲みと小さく畳まれた薬包紙を手渡した。

どうやらそれが例の霊薬らしい。倫陀は、妹から受け取った紙を丁寧に二つ折りになるまで広げると、包まれていた中身を口に流し込んだ。

　薄暗闇の中、ちらと見えた中身は白色の粉薬のようだった。それから一気に湯飲みを呷る。不健康に青白い喉元が上下する様はどこか蠱惑的にも見え、空洞淵はそっと視線を外した。視線を外した先——床には、今し方使われた薬包紙が丸められて無造作に転がっていた。エクソシストの手からこぼれ落ちたようだ。気づかれないよう空洞淵は、そっとそれを拾い上げて袂に仕舞い込む。

　倫陀は湯飲みを妹へ手渡し、悪魔憑きの女性と同じように、寝台の上へ仰向けになった。胸元で手を組み合わせ、ぶつぶつと何かを呟いている。呪文のようだったがよく聞き取れない。ただ、父と子と聖霊の御名に於いて云々、というフレーズだけは聞き覚えがあったため拾うことができた。

　しばらく動きもなく、倫陀の呟きだけが室内に響き渡る。耳鳴りがするほどの静寂の中、まるで空間から浮かび上がってくるような、妙な立体感を伴って四方から反響する倫陀の呪文を聞いていると、何だか精神的に不安定になってくる。

　相変わらず動きはなかったが——倫陀が玉のような汗を浮かべ始めていること、そして傍らの朱雀院が奇妙なほど真面目にその様子を見つめているところから、緊張感が高まっていることは理解できた。綸音は、姉のすぐ隣で、姉の額に浮かぶ汗を拭っている。

　先ほど朱雀院が、感応霊媒は人体に負担が掛かり危険だ、という話をしていたが、空洞淵はようやくそれを正確に理解した。

これはまるで――病魔にうなされているようではないか。

空洞淵には、目の前の、悪魔祓いに集中し、苦悶の表情で額に汗を浮かべているエクソシストが、熱に浮かされているただの幼い少女に見えて仕方がなかった。

しかしその認識は、すぐに誤りであったことを思い知らされる。

儀式開始からしばらくして、
あまりにも突然に――烏丸倫陀の身体が大きく跳ねた。

空洞淵には何が起こったのか理解できなかった。

「……始まりました」

感情の籠もらない綸音の呟きに、どうやら悪魔が倫陀の身体に乗り移ったらしい、ということを理解する。

そこから先は――目を覆いたくなるばかりだった。

老いた白樺を連想させる倫陀の身体は、激しく何度も痙攣した。

びくん、びくん、と身体の中で何かが暴れ回っているかのように、何度も何度も全身が跳ねる。

時に大きく海老反りになり、時に小刻みに震える。

限界まで開かれた口からは大量の唾液を止めどなく溢れさせ、目は完全に白目を剝いている。

意識は確実に喪失しているように見えた。

しかし、人間のものとは思えないほどの絶叫を迸らせつつも、聞き取れないほどの小声で、何かの呪文らしきものを呟いていることから、こんな状態になってもまだ意識はあるらしいとわかる。

本当にこれで儀式として合っているのかと、傍らの綸音に問い質そうとしたが、暴れる姉の身体を必死で押さえながら、姉と同じように小声で呪文らしきものを呟いている姿を見て、これが普段通りのものなのだと知る。

こんなに激しい儀式を、何度も何度も繰り返していたというのか……？

年頃の少女が、髪の艶を失い、皮膚の潤いをなくし、喉を潰し——己の肉体をここまでぼろぼろにさせながらも、悪魔憑きとなり、困っている人々のために無償でこのような悪夢にも似た儀式を繰り返していたというのか……？

空洞淵は現実を直視できなかった。ただの儀式なのだと割り切っても——胸の痛みを抑えられない。

思わず、悪魔をその身に宿して苦しんでいる少女に手を伸ばそうとする。しかし、僅かに前のめりになった瞬間、朱雀院に肩を摑んで止められた。

朱雀院は、冗談みたいに真面目な顔をして、ただじっと、理解不能な呻き声を上げながら激しい痙攣を繰り返す少女を睨みつけていた。声を掛けることすら躊躇われるほど真剣な表情の朱雀院を見て、空洞淵も冷静さを取り戻す。

そっと視線を逸らし、もう一方の寝台に横たわっている悪魔憑きの女性を見やる。つい先ほどまで苦しげに呻いていたはずの女性は、今はとても落ち着いた表情を浮かべながら規則的に胸を上下させていた。

全身を跳ねさせ、今なお苦しんでいるエクソシストとは対照的なほど穏やかな顔――。

それが少女の能力で、そして少女の仕事なのだとしても――これは、あまりにも惨い。

それでも空洞淵は、見つめることすら憚られる惨状をしっかりと目に焼き付ける。

これが少女の矜恃ならば、それを見届けるのが自分の役目なのだと思った。ぼろぼろになっても尚、自信に満ちあふれ、鋭い眼光を放っていた倫陀の双眸を思い出す。

空洞淵は目の前で繰り広げられる神の御業を、ただ拳を強く握りしめながらじっと見つめる。

どれほどの時間が経過したのか。

寝台の上で激しく暴れていた少女の身体は、次第に大人しくなり――そして最後にはぴくりとも動かなくなった。今はもう、浅いながらも比較的規則的な呼吸を繰り返すだけである。どうやら、儀式は終了したらしい。

永遠とも感じられた苦悶の儀式だが、実際には四半刻程度しか経過していないようだった。

とにかく無事に終わってよかった、と空洞淵は胸を撫で下ろす。

覆い被さるようにして姉の身体を押さえていた綺音は、ふらりと立ち上がる。そして、明らかな疲労の色と大量の汗をその幼い顔に浮かべながら、ゆらりと振り返った。

「……儀式は、終了しました。これで悪魔は……祓われました。姉は、これからしばらく休息に入りますので……お客様は、どうぞお帰りくださいませ……」

「あの……本当に大丈夫なんですか？　お姉さんも……それに、あなたも……」

さすがに心配になり尋ねる空洞淵。綺音は一瞬泣きそうなほど顔を歪めるが、すぐに力なく微笑み、僅かに首を傾げた。

「……ありがとうございます、先生。ですが、ご心配には及びません……。私も、幾分疲れましたので、休ませていただこうと思います……。ですから……その……お帰りになって、いただけませんか……？」

何故そんな悲しそうな声色で喋るのか。

問い質したかったが、空洞淵は質問を飲み込み、不承不承頷いた。言葉の裏に、どうしようもないほどの強固な意志が覗いていたためだ。

とにかく、今は綺音も疲れているだろうし、帰るしかなさそうだ。

空洞淵は、朱雀院を伴って部屋を出る。

しかし別れる直前、どうしても伝えたかったことを振り返って口にした。

「伽藍堂は、毎日朝から夕方までやっています。ご用の際は、どうかお気軽にご相談ください。可能な限り――力になりますから」

綸音の返事も待たずに、部屋を出る。漆黒の不吉な背中を追うように、黙って暗い廊下を歩く。

二人とも無言だった。口を開けば、家全体に満ちる湿っぽく重たい空気が肺の中に入り込んできて、それがまた一層気を滅入らせそうな気がした。

早く外へ出て、新鮮な空気が吸いたい。

足早に廊下を進み、玄関で履き物を履いていたとき――背後から、小走りに二人を追い掛けてくる足音が聞こえた。二人は振り返る。

薄暗い廊下の奥から汗だくになりながら、息を切らしている少女が現れた。

エクソシストの妹、烏丸綸音だった。よほど慌てて走ってきたのか、小袖の襟元が乱れてしまっている。

目元には大粒の涙を浮かべ、しかしそれが零れ落ちないようエプロンの裾を力強く握りしめて耐える姿は痛ましくすら見える。

エクソシストの妹は、空洞淵の瞳を見つめながら、喉が張り裂けそうなほどの大声で、己の〈願い〉を口にした。

「空洞淵先生！　お願いします……。姉を——お姉ちゃんを、助けてください！」

5

極楽街から外れた深い森の中に、〈大鵠庵〉は今日もひっそりと佇んでいた。

周囲をぐるりと石垣に囲まれたその屋敷は、まるで俗世との関わりを絶つように独特の雰囲気を醸し出している。

石垣の〈内側〉は、別の世界に繋がっており、普通の人間は入ったら二度と出てこられない、などと街の人間にまことしやかに囁かれている、ある種、聖域のような場所である。

しかし、そんな噂が立つのも無理からぬこと。

この屋敷には、〈国生みの賢者〉金糸雀が住んでいるのだから。

金糸雀は、かつて空洞淵が住んでいた〈現世〉から、この〈幽世〉を切り離した張本人である。

八百比丘尼として永きを生きた不滅の少女が、何故この地を生み出し、終の棲家としたのか——その理由は誰も知らない。しかし、彼女の持つ圧倒的な力は、街の人々から絶大の信頼とささやかな畏怖を集めているのだった。

そして、それは普段、恐れるものなど何もないというふうに振る舞っている朱雀院とて例外ではない。

黒衣の祓魔師は、視界の先に賢者の屋敷を捉えてから、どこか緊張した面持ちで黙り込んでしまった。

「もしかして初めて来るの？」と空洞淵。

「いや……昔一度だけ、猊下に連れられて来たことがある」

猊下というのは、教会の代表にして朱雀院の上司のような存在らしい。

「その頃はまだ祓い屋として駆け出しだったからな。正直言って、恐ろしかったよ。自分の力じゃ逆立ちしたって敵わないことが、対面した瞬間にわかって絶望したもんだ」

「そういうものなのかな」

「祓い屋にしかわからん感覚かもな。基本的に祓い屋ってのは、怪異に対して絶対的な優位を取れる存在なんだ。綺翠嬢ちゃんを見てれば、何となくわかるだろう？」

空洞淵は、これまでの綺翠を思い出して納得する。祓い屋は、怪異にとってのほとんど天敵と言ってもよい存在だろう。

「ところが、賢者の姫さんだけは別だ。アレは理外の存在で、祓う祓わないとはまったく別次元に位置している。言うなれば、俺らにとっての〈神〉にも近しい」

祓魔師である朱雀院にとっての〈神〉。それはキリスト教における絶対者、創造主に類するものだろう。〈幽世〉を生み出したのが金糸雀であるというのは紛れもない事実なので、その認識は概ね間違っていない。

「そんなわけで、苦手ってほどではねえが、まあ、普通に畏怖の対象って感じだな。俺から言わせてもらえば、姫さんや綺翠嬢ちゃんと普通に付き合ってるおまえさんのほうがよほどまともじゃねえぜ」

「そうかなあ……」

自分のことなのでよくわからない。少なくとも空洞淵にとっては、金糸雀も綺翠もちょっと変わっているだけの女の子だ。まあ、〈幽世〉で特別視されている二人と、ぽっと出の自分が仲良くしていて、申し訳なさを感じないこともなかったけれども……。

そんなふうに石垣の前で無駄話をしていたら、玄関口が開き、中から年の頃は十四、五歳の小柄な少女が現れた。

「――空洞淵様、朱雀院様。ようこそお出でくださいました」

肩の膨らんだ濃紺のワンピースに、装飾過多な純白のエプロンドレス。肩に掛かるほどの長さで切り揃えられた深紅の髪には、愛らしいホワイトブリムが揺れている。

少女の名前は紅葉(もみじ)。賢者の侍女である。

「御屋形様がお待ちです。どうぞこちらへ」

一度深々と頭を垂れてから、紅葉は屋敷の中へと引き返していく。まるで機械のように、一切の無駄がない所作。

いい年をした男二人は、少女の無言の威圧感に圧倒されながらも、真っ直ぐに伸びた細い背中を追う。

外観よりも明らかに長い廊下を黙々と進む。紅葉の持つ手燭の明かりだけが頼りなので、方向感覚も時間感覚も早々に喪失してしまう。ここで彼女を見失ってしまったら、もしかしたら一生この屋敷から出られなくなるのではないかとすら思う。

そんな不安が頭を擡げ始めたところで、先導する侍女はぴたりと足を止めた。

傍らには、一際立派な襖が鎮座している。

紅葉は何も言わなかったが、空洞淵は慣れた仕草で襖を開き、お邪魔します、と室内へと入っていく。

真新しい山吹色の藺草で編まれた畳敷きの大広間。

その最奥に——この世のものとは思えない、あまりにも危うすぎる美しさを持った少女が、艶然と微笑み、座っていた。

花鳥風月を想起させる豪奢な十二単と、床まで広がる金糸の髪、そして何より額に燦然と輝く第三の瞳が特徴的な〈国生みの賢者〉——金糸雀は、空洞淵たちの姿を認めると、嬉しそうに蒼玉の双眸を細めた。

「お待ち申しておりました。主さま、朱雀院様。どうぞ、お座りになってください」

賢者の前には、すでに座布団が二つ敷かれ、おまけにたった今淹れたかのように湯気を立ち上らせる湯飲みまで置かれていた。

予め二人がこの時間に現れることを見越していたのだろう。

朱雀院は呆気にとられたように立ち尽くしている。

金糸雀には、〈千里眼〉にも似た力が備わっており、〈幽世〉で起こった大抵のことは知覚できるのだった。怪異としては、八百比丘尼と呼ばれる不老不死の存在であるが、第三の眼の開眼に伴って、そのような神の如き力を獲得したのだという。

比較的金糸雀とよく会う空洞淵は、もう彼女の手回しのよさに慣れていたが、ほとんど面識のない朱雀院は、話に聞いていたとしてもそれを目の当たりにして戸惑ってしまったのだろう。

安心させるように、金糸雀は穏やかに微笑み掛けた。

「朱雀院様は、お久しぶりですね。以前お目に掛かったときはまだ幼さを残していたはずですが……立派になりましたね。あなたのご活躍は、聞き及んでおります。綺翠とともに、〈幽世〉のために尽力してくださって本当にありがとうございます」

「いえ……。姫様こそ、いつも〈幽世〉を守ってくださって、ありがとうございます」

これほどまでに畏まった朱雀院を見るのは初めてだったので、空洞淵も思わず、へえ、と感嘆の声を上げてしまう。すると途端に朱雀院は不満そうに睨んでくる。

「……なんか文句でもあんのか？」

「ないけど、きみ、意外と礼儀正しいんだね」

「釈迦の字と一緒にすんな。俺は敬意を払うべき相手には存分に敬意を払う」

確かに言われてみれば、言動こそ粗暴だが、数ヶ月の付き合いで、この男が第一印象ほど悪い人間ではないことは学習済みだった。

金糸雀は、くふふ、と口元に袖を当てて笑う。

「仲よきことは美しきかな、ですね。さて――」

〈国生みの賢者〉は、改めて空洞淵たちを眺めて告げた。

「事情は既に把握しております。しかし……お二人が現象をどの程度把握されているのか判断するためにも、ご面倒かとは存じますが、今一度ご説明いただけますか？」

6

――空洞淵が〈幽世〉へやって来てすぐのこと。

この大広間で、金糸雀と御巫神社の巫女から、〈幽世〉の特性について簡単な説明を受けた。

まずこの世界は、かつて空洞淵の暮らしていた現実世界から妖怪（ようかい）や物の怪（もののけ）といった人ならざる存在を隔離・保護するために作られた異世界であるというもの。

そしてもう一つ。

人々の認知によって、現実が書き換えられる可能性がある、というものだ。

そもそも大昔——人間がまだ信心深く、神秘の存在を信じきっていた頃、神秘は実際に人間社会と共存していた。

神秘、と一口に言ってもその裾野は広く、〈神〉なる上位存在から、〈あやかし〉あるいは〈物の怪〉などとも称される人と異なる存在全般まで様々ではあるが、とにかくそれらを総称した〈怪異〉と呼ばれるモノは、確かに我々の周りに実在していたのだ。

そしてそれらの〈怪異〉は、すべて人々の認知によって発生した。

人が、それらを〈居る〉〈有る〉と認識することで、あらゆる〈怪異〉が生まれたとも言い換えられる。

一つ、たとえ話をしてみよう。

ある人が、墓場で火の玉を目撃したとする。本来、火の気のない墓場で火が上がるとは常識的には考えられないため、それは人の霊魂が火の形で現れたものであると噂が立つ。やがてそれに〈鬼火〉という名が付き、ますますその認知が人口に膾炙(かいしゃ)していくと——〈鬼火〉という怪異が実際に像を結ぶのだという。

たとえその真相が、人体に含まれるリンが発火したモノであろうと、プラズマ現象であろうと関係なく、人々が認識したモノが、現実となるのである。

これには、〈伝奇ミーム〉と呼ばれる不可視の情報因子が関与しており、人々の認知の数がある閾値（いきち）を超えることで発現する。

金糸雀は、この〈幽世〉を作り出す際、世界中に存在していたあらゆる怪異とともに、この〈伝奇ミーム〉を現実世界である〈現世〉からこちら側へと切り離した。その結果、〈幽世〉の〈伝奇ミーム〉は、〈現世〉のそれとは比べものにならないほど高密度となり、より怪異が生まれやすい状態となってしまった。

そのため人々のちょっとした噂程度でも、容易に現実を書き換えられてしまうのだという。

わかりやすく〈吸血鬼〉を例に考えてみる。

あるところに日光が苦手で、人の血を飲むことに快感を覚える特殊な趣味を持った人がいたとする。

当然この時点では、まだその人は変わった特性を持ったただの人間でしかないのだが、やがて人々の間で「あの人は実は吸血鬼なのではないか」という噂が流れ始めると事情が変わってくる。

その認知の数がある閾値を超えた瞬間——ただの人間だったはずのその人は、本人の意思に因らず突然〈吸血鬼〉に変質してしまうのである。

つまるところこの世界では、噂が現実化してしまう可能性がある、ということ。

今となっては、空洞淵もすっかりその事実を受け入れているが、当初はなかなかに難儀な世界へ来てしまったものだと、眉間(みけん)に皺を寄せたものだ。

ちなみに、〈幽世〉創世以前から世界に存在した怪異、つまり八百比丘尼や鬼などの歴史ある怪異を〈根源怪異〉、〈幽世〉創世以降に発生した新しい怪異、噂によって現実を書き換えられてしまったために現れた怪異を〈感染怪異〉と呼び、〈感染怪異〉によって変質してしまった人は〈鬼人(おにびと)〉と呼ばれている。

さて――。

「姉を――お姉ちゃんを、助けてください！」

叫ぶようにそう言い放った綸音を落ち着かせてから、とにかく事情を説明するようにと空洞淵は頼み込んだ。

途切れ途切れで要領を得ない説明ではあったが、足りない部分は質問で補いつつ、大体の事情を察する。

烏丸倫陀には、生まれつきエクソシストとしての資質があったわけではなかったらしい。そもそも、つい最近までそんな兆候一つ見せなかったのだが……ふた月ほどまえ、その力が覚醒(かくせい)した。

そして、そのとき初めて祓ったのが——妹の綸音なのだという。

綸音は、当時街で大流行していた吸血鬼になってしまった。姉である倫陀は当然妹の吸血鬼を祓ってもらうべく、祓い屋に依頼を出していたが、当時は需要が多すぎて、祓ってもらう約束を取り付けられたのが数週間先だった。

最愛の妹が〈鬼人〉となってしまい、しかも数週間苦しみ続けなければならないことがわかり、倫陀は打ちひしがれた。

しかし、そのとき奇跡が起こった。

倫陀が、祓い屋として覚醒し、綸音の吸血鬼が祓われたのだ。

このときのことを、綸音は意識が朦朧(もうろう)としていたためよく覚えていないと言うが、その後倫陀は、「さるお方から悪魔祓いの力を授かった」と言っていたらしい。

綸音の吸血鬼が祓われ、とりあえず万事解決と喜んだのだが……問題はここからだった。

唐突に倫陀が、件の見学可能な悪魔祓いを始めたのだ。

初めの頃は綸音も、唯々諾々(いいだくだく)と姉の指示に従っていたのだが、悪魔祓い中の姉の姿があまりにも尋常ではなく、また日に日に痩せ衰えていく様をもうこれ以上見ていられなくなり——そしてついに空洞淵へ助けを求めた。

倫陀が自らの意思でそれを行っている以上、空洞淵のような外部の人間は元より、妹である綸音さえ、おいそれと立ち入るべきではないのかもしれないけれども……。

それでも、あの惨状を見てしまったら、何か力になってあげたいと思ってしまう。


綸音と別れた空洞淵たちは、真っ直ぐにこの賢者の屋敷へと足を運んだ。

賢者と評される金糸雀の知恵や知識を借り受けたいと考えたからだ。いつもなら、綺翠に同行してもらうのだが、生憎と本日彼女は都合により家を空けてしまっている。怪異に好かれやすい体質の空洞淵としては、一人で森へ入って大鵠庵へ向かうことに不安を覚えていたが、そこは朱雀院が同行してくれることになり安心した。ただ、道順に自信がなかったのは内緒だ。

また朱雀院は朱雀院で、空洞淵を自分の問題に巻き込んでしまったことに責任を感じているようだった。当初は、悪魔祓いの潜入調査くらいの軽い気持ちだったのだろうが……なかなか厄介なことになってしまった。乗りかかった船なので、どうにか上手いこと解決してやりたいとは思うのだけれども。

空洞淵の説明を黙って聞いていた金糸雀は、不意に、なるほどと呟いた。

「――その姉君に〈霊薬〉とやらを渡したのは、おそらく月詠でしょうね」

「わかるの？」

「いえ、わからないのです」金糸雀は眉尻（まゆじり）を下げた。「少なくとも今のわたくしに、それが認識できない以上、あの子が関わる因果であるのは確実でしょう」

基本的に〈幽世〉で起こることは、すべて金糸雀の持つ千里眼によって認識されるが、唯一の例外として、血を分けた妹である月詠の関わった事象だけは認識できないらしい。

「つまり、そのとき月詠が倫陀さんに何かをしたために、彼女は祓い屋としての力を獲得したってことかな？」

「そう考えるのが妥当でございます」

月詠が〈幽世〉で何やら暗躍しているのは周知の事実だが、姉として金糸雀はそのことに責任を感じているらしい。空洞淵は常々、金糸雀の責任ではないと言っているのだが、彼女は根が真面目なので仕方がない。

「なあ、空洞の字。おまえさんの見立てだと、〈霊薬〉は本物か？」

腕組みをした黒衣の男が尋ねてくる。

「薬効の詳細は置いておいて、少なくとも偽薬ではないと思う」

空洞淵は慎重に答えた。おそらく朱雀院は、倫陀の悪魔祓いがインチキである可能性を考慮しているのだろう。しかし、空洞淵には悪魔を自らの身体へ移した倫陀の様子が演技だったとはとても思えなかった。全身の痙攣や発汗、そして何より苦悶の声は、一流の役者にだって再現不可能なものだろう。

だから、〈霊薬〉がこの一件の鍵を握っていることは間違いない。倫陀に〈霊薬〉を渡したのが月詠なのであればなおさらだ。

だが……真の問題はそこにない。

「最大の謎は、倫陀さんが何故、無償の悪魔祓いなんてものを始めたのか、ということだ」

「そう、でございますね」困ったように金糸雀は頬に手を当てる。「お話を聞く限りでは、その姉君に利点はないように思われますが」

「確かに、死ぬ思いをしてまでロハで悪魔祓いを続ける理由ってのは、想像もつかねえな」

ズズ、と音を立ててお茶を啜る朱雀院。

「そもそも根本的な疑問なんだけど」

「なんだ？」

「〈悪魔憑き〉っていうのは、怪異的にはどういう扱いなの？　感染怪異なの？」

現代医学において、〈悪魔憑き〉は『トランス及び憑依障害』という疾患に分類されていたはずだ。つまり、完全ではないものの医学的なアプローチで説明できる状態であるわけだが……おそらく〈幽世〉では、異なる解釈がされているのだろう。

「ん……そう、だな」朱雀院は、口元に手を当てて思案の表情を浮かべた。「感染性のある根源怪異の一種だな」

「感染性のある根源怪異……」

　空洞淵は数ヶ月まえの出来事を思い出す。

「つまり吸血鬼と同じようなもの？」

「まあ……そうだな」

　朱雀院も、『吸血鬼』という言葉に過敏に反応して複雑そうに顔をしかめた。

「あれほど明確なわけじゃないけどな。元々〈吸血鬼〉と違って〈悪魔〉ってヤツは具体的な一個体の怪異じゃないんだ。わかりやすく言うなら、キリスト教圏に於ける、〈信仰の妨げになるあらゆる概念〉を〈悪魔〉と称したって感じか。ようするにそれは、怠惰であったり、何らかの疾病であったり、とにかくそういった、日々の信仰を脅かす可能性のあるあらゆるものを〈悪魔〉って一つの概念に置き換えたんだな。もちろん、最初それはただの建前に過ぎなかったんだろうけど……。おまえさんも知ってのとおり、〈ない〉ものでも〈ある〉と数多くの人から信じられれば、それは〈発生〉する。つまり、〈現世〉で噂から〈悪魔〉という〈根源怪異〉が発生したわけだ。……まあ、発生過程とかはどうでもいいか。とにかく、悪魔ってヤツは目に見えないけどどこにでも居て、それが時折人間に取り憑いて悪さをする、って程度の認識で問題ない」

　なるほど、と空洞淵は頭の中で情報をまとめる。

「ということは、ある種、風邪にも似た状態なのかな？」

「そうだな。おまえさんにはその説明が一番わかりやすいか。風邪ってのは、目に見えない何かが原因で起こるんだろ？　それと同じで悪魔に憑かれたら〈悪魔憑き〉って症状を発症するわけだ。ただ風邪と違うのは、悪魔憑きは自然治癒しにくいってとこか。そのために俺らがいるわけだが……。ちなみに悪魔は目に見えない、って言ったが、俺には見えるぞ。でなきゃ仕事にならねえからな」

つまり、風邪などと同じように、誰にでも起こりうるけれども、その感染には噂自体が関与しているわけではないので、感染怪異ではなく感染性のある根源怪異、ということになるのか。

少々複雑ではあったが、空洞淵はかろうじて、悪魔憑きの概要を理解する。

「逆に朱雀さんの見立てでは、あの悪魔祓いの儀式はどうだった？　ちゃんと悪魔は祓われてたのかい？」

「ん……そう、だな……」朱雀院は曖昧に頷く。「とりあえず、あのエクソシストの嬢ちゃんが〈騙り〉じゃないことは確かだ。初め、寝台に寝てた嬢ちゃんが悪魔憑きだったのは紛れもない事実だし、最後、ちゃんと祓われてたのも確認した。でも——」

「でも？」

「エクソシストの嬢ちゃんが、自分の身体に悪魔を取り込むところはわからなかったんだ」

「わからなかった……？」

意外な言葉だった。首を傾げる空洞淵に、朱雀院は苦い顔を向ける。

「一応、俺はプロだからな。人を見れば、そいつが悪魔憑きかそうじゃないかはわかる。だから、もしもエクソシストの嬢ちゃんに悪魔が乗り移ったのなら、それも認識できそうなものだけど……残念ながら俺にはわからなかった。感応霊媒は専門じゃないから、詳しい原理はよくわからねえけど……」

「つまり、倫陀さんが苦しみ藻掻（もが）いていたあのとき、彼女に悪魔は憑いていなかったと？」

「確かなことは言えないけど、少なくとも俺には認識できなかったな。せめて、どういう原理で感応霊媒してるのかわかれば、何かしら〈見えた〉かもしれんが……」

黒衣の男は悔しそうに俯くが、それよりも空洞淵は別のことで頭がいっぱいになっていた。

もしも本当に、あのとき倫陀に悪魔が憑いていなかったとしたら……あの激しい反応はどうなる……？

空洞淵の脳裏に、まったく新しい可能性が思い浮かぶ。

無意識に、袂からそれを取り出した。

「なんだ、そのゴミは？」

　手のひらに乗ったそれをまじまじと見つめてくる朱雀院。

「霊薬の入ってた薬包紙だよ」空洞淵は答える。「念のため回収しておいたんだ。少しだけだけど、薬が残ってる」

「……呆れた行動力だな」

「褒め言葉として受け取っておこう」

　空洞淵は、丸められた薬包紙をそっと開いてみる。中にはごく少量の粉末が残されていた。

「これがどういった薬なのかを調べることは極めて重要だ。とりあえず舐めてみようか、朱雀さん」

「……え、俺が⁉」

　突然矛先が向いたためか朱雀院は目を剝いている。空洞淵は真面目な顔で頷いた。

「分析能や分析機械があまり優れていなかった古典化学では、味が化学物質の分析に重要だったらしいよ」

「いや、待て！　さも当然のようにおまえさんはそう言ってるが、ようするに何だかよくわからねえものを俺に舐めろってことだろ！」

「まあ、ありていに言うとそうだね」

「なんで俺なんだよ！　おまえさんがやればいいだろ！」

「何言ってるの？　嫌に決まってるじゃん」

「おまえが何言ってんの⁉」

朱雀院が全力で拒絶するのも当然だった。見かねたのか、金糸雀が助け船を出した。

「しかし、朱雀院様。もし、霊薬の服用により何か問題が生じた場合、その対処ができるのは、薬の知識がある主さまだけにございます」

「それは……そうかもしれませんが……」

〈国生みの賢者〉に理詰めで攻められ、朱雀院は気まずげに言い淀む。

「……そもそも空洞の字、本当にそいつは安全なものなのか？」

「少し舐めたくらいでどうにかなるものじゃないとは思うよ。実際、倫陀さんはそれなりの量を服用してたからね」

訝しげな視線を向けてくる朱雀院に、空洞淵は真顔で答えた。

しばし逡巡するように空洞淵と薬包紙に視線を泳がせてから、覚悟を決めたように乱暴に薬包紙を取った。

「……まあ、元々こいつは俺の問題だからな。なんかあったら頼むぞ、空洞の字……」

恨み言のように呟いて、朱雀院は薬包紙の中に残った微量の粉を一舐めした。

「どう？」と空洞淵。

「……？　いや、特に味は――ッ!?」

皆まで言い終わる暇もなく。

黒衣の祓魔師は、突然口元を抑えて蹲ると、何故か高速で後転を始めた。そのままごろごろと後ろに転がっていき、檜の柱に後頭部を強打してようやく止まる。あまりにも意味不明な奇行に空洞淵と金糸雀は唖然とするしかない。

「……え、死んだ？」

「い、いえ、そのようなことはないはずでございますけれども……」

ぴくりとも動かなくなったその黒い塊を見つめながら呟く二人。しばし時間が停止したようだったが、誰よりも先に動いたのは意外にも朱雀院だった。

朱雀院は、俯せのまま無駄に速過ぎる匍匐前進で空洞淵たちのところまで戻ってくると、残っていた自分のお茶を一気飲みした。

「し、死ぬかと思ったぞ、この野郎！」

「味はどう？」

「これだけの惨事を目前にして、表情一つ崩さずそんなことを聞けるおまえさんがすげえよ！」

今にも噛み付かんばかりに顔を寄せてくる朱雀院。空洞淵はそれを鬱陶しく思いながら片手で払い除ける。

「きみは少しリアクションが大きすぎるんだよ」

「おまえさんは少しリアクションが小さすぎるな！」

「それよりも味のほうを教えてよ。どうだった？」

信じられないものでも見たように目を丸くする朱雀院だったが、諦めたように舌打ちをしてから答えた。

「味は——最悪だな。この世の物とは思えないくらい苦かったぞ。今も舌がぴりぴりする……。こんなもん毎回悪魔祓いの度に大量に飲んでるあの嬢ちゃんはやべえよ……」

「すぐにお口直しをご用意しましょう」

金糸雀がそう言うと、すぐに襖が開いて、紅葉がお茶のお代わりとお茶菓子を運んできてくれた。まるで廊下のすぐそこで待機していたかのような手際のよさだったが、実際金糸雀ならばそれくらいやりかねない。

お茶菓子は、今川焼きだった。大判焼き、あるいはおやきなどとも呼ばれる、〈現世〉でも〈幽世〉でも、かなり一般的というか庶民的な和菓子だ。

よほど苦かったのか、朱雀院は今川焼きに齧りついている。昼食がまだで小腹が減っていたこともあり、空洞淵もありがたくいただく。どうにも今日はあんこと縁がある一日だ。

空洞淵は何度も金糸雀の屋敷へ来ているが、このような庶民的なお菓子を出されたのは初めてだったので少し意外に思った。いつもはもっと茶の湯で出されるもののように、小振りで凝った作りの茶菓子が供されていた気がするが……。

「こちらは、神社へお供えするために用意していたものです」

空洞淵の疑問を読んだように、金糸雀は穏やかに答えた。

「御巫神社へ？」

ますます意外だ。御巫姉妹へお裾分け、ということなら理解できるが、金糸雀が神社自体に何かをしようとするのを空洞淵は初めて聞いた気がする。

「主さまはまだお会いになったことがないかと存じますが、御巫神社にもちゃんと神様がいらっしゃるのですよ。いつも綺翠たちを守ってくださっているので、たまにわたくしもそのお礼にお供えをしているのでございます」

そういえば、初めて御巫神社の境内へ足を踏み入れたとき綺翠が、神様がどうのと言っていた気がする。確か、格式張ったことが嫌いだとか。

もしかしたらそれで格式張らない今川焼きなのかな、とも思ったが、詳細を聞くよりも先に、朱雀院がお茶のお代わりを飲み干して、盛大に息を吐いた。

「……ぷは、ようやく落ち着いた。ありがとうございます、姫様」

「ご無事なようで何よりです」金糸雀はにっこりと微笑みかける。「して、主さま。霊薬に関してわかったことといえば、とてつもなく苦いということくらいのようですが

「……何か発見はございましたか？」

　試すように、蒼玉の瞳を向けてくる賢者。空洞淵は軽く思考を整理して頷いた。

「……うん。少しだけ、問題の全体像が見えてきたところだよ」

「マジか！　身体張った甲斐があったぜ！」朱雀院は嬉しそうに身を乗り出す。「それで、何がわかったんだ？　あの嬢ちゃんに悪魔祓いを辞めさせる方法か？」

「まあ……そうだね。上手くやれば、辞めさせることもできるとは思うけど……」

　そこで空洞淵は言葉を止め、改めて思考に没頭する。

　霊薬に関して言えば、仮説は立った。その仮説を拠り所にして、彼女を問い詰めることも可能だろう。だがそれでは、根本的な解決になっていない。

　やはりすべての問題は、彼女の〈目的〉に収束する。

　仮に真相があべこべなのだとしたら……何故こんな回りくどいことを……？

　考えても答えは出てこない。少なくとも空洞淵の価値観では、合理的な理由が思いつかない。

　何かヒントでもないだろうかと、今日一日の出来事を振り返る。

　様々な人との会話を思い出して、ある雑談のことが頭に引っ掛かった。

「……ねえ、朱雀さん」空洞淵は、半ば無意識に問い掛ける。

「なんだ？　何か思いついたのか？」

「御巫神社の長姉には、必ず退魔の力が宿るって話、本当？」

「は？　何を突然……」訝しげに空洞淵を見るが、すぐに大人しく答える。「――本当だよ。少なくとも俺はそう聞いてる」

「必ず長姉なんだね？　次女や長男ではなく？」

「そうみたいだな」

「そしてその事実は、街の人たちにとっての常識みたいになっていると？」

「まあ、そうだな。有名な話だし、別に隠したりもしてないみたいだから、大抵のヤツは知ってるだろう。全員とまでは言わないけどな。……というか、俺じゃなくて、詳細は姫様に確認してくれよ。この規則を作った張本人だぞ」

　それもそうか、と空洞淵は金糸雀に視線を向ける。金色（こんじき）の賢者は、たおやかに微笑んでいた。

「朱雀院様のおっしゃるとおりです。確かに〈幽世〉には、そういった理（ことわり）が存在します。正確には、女性が退魔の力を獲得する場合、それは必ず長女に宿ります。わたくしの意図した仕組みではありませんが……結果的にはそのようになってしまいました。これまで〈幽世〉に現れた女性の祓い屋はすべて長女でしたから、一般の方にもその認識は周知のものとされているはずです」

　言質（げんち）は――取れた。

そして、仮に空洞淵の仮説が正しかったとすれば、落とし所はある。

空洞淵は勢いよく立ち上がった。

「準備があるから、僕は一旦店に帰るよ」

「お、おい、どうした急に」釣られるように朱雀院も立ち上がる。「準備って何だよ？　これからどうするつもりだ？」

「説明は、全部が終わった後で。僕もまだ全貌が見えてるわけじゃないから……。それより、きみにも手伝ってもらわないといけないから、協力してね」

「協力って……。そら、もちろん可能な限り手は貸すが、いったい何を押っ始めようってんだ？」

苛立たしげに片眉を吊り上げる朱雀院に対し、空洞淵は不敵な笑みを返して告げた。

「今夜——本当の悪魔祓いを行う」

7

ミミズクの声が木霊する〈幽世〉の夜。無数の虫たちが生の幻想を謳歌するが如く、一心に鳴いている。まるで己が存在を世界に刻むように。

不協和音の輪唱は、聞く者に恐怖と不安を呼び起こさせる。絶妙にずらされたピッチが徐々に思考を愚鈍にさせ、反対に感覚を鋭敏にしてゆく。

そんな夜の帳がおりた街外れを――心許ない月と、ささやかな提灯の明かりを頼りに、空洞淵たちは歩いて行く。

時刻はもう間もなく日を跨ごうという頃合い。もはや立派に深夜といえる時間帯だ。

「――急がないと」と、無意識に空洞淵の口から焦りが出る。

刻限を気にしてか、あるいはいつその辺の草むらにひそんだモノに襲われるかもしれないという恐怖からか、彼らは秋の夜の冷たい風に身を縮こまらせながら、脇目も振らずに突き進む。

ようやく目的地に到着した。空洞淵は、近所迷惑にならない程度に戸を叩く。

「夜分遅くすみません。昼間お邪魔した空洞淵と言います。お願いします。ここを開けてください」

ダンダン、と何度か叩くと、内側から錠を外す音が聞こえ引き戸が開かれた。そこには、小柄な少女が立っていた。長い髪を無造作にまとめていただけなので、空洞淵には一瞬それが誰だかわからなかったが、すぐにそれがエクソシストの妹――烏丸綸音であることに気づいた。寝間着なのか薄手の浴衣に身を包んでいる。

綸音は、大きく目を見開き、驚いたように口に手を当てた。

「う、空洞淵先生……。どうされたのですか……？」

「こんな夜分遅く、本当に申し訳ありません。ですが、一刻を争う事態だったもので」

額に浮かんだ汗を袖で無造作に拭い、空洞淵は肩を貸している男の姿を綸音に示す。

不吉な漆黒の服に怪しげな帽子を被った男——それは紛れもなく、空洞淵と共に悪魔祓いの見学に来た男であった。

状況が飲み込めないというふうに戸惑いを見せる綸音。空洞淵は、玄関口に一歩足を踏み入れ、鬼気迫るように言う。

「この男を助けてやってください。どうやら昼間悪魔祓いの見学をしたとき、悪魔に憑かれてしまったらしくて……」

綸音はぎょっとした表情を浮かべ、空洞淵に支えられながらぐったりしている男へ視線を移す。すると男は突然、昆虫を彷彿(ほうふつ)とさせる生理的嫌悪(けんお)感を覚える挙動で項垂(うなだ)れていた首を動かし、綸音と視線を合わせた。

ぎょろりとした、死んだ魚のような目が彼女を見据える——。

「キエエエェェェェ!」

「——っ!?」

驚きのあまり綸音は一歩半飛び退(の)き、玄関に尻餅(しりもち)をついてしまう。

意味がまったくわからない。わからないが——とにかく、色々な意味でこの男がまずいことだけは綸音にも理解できたのだろう。

尻餅をついたまま、顔を恐怖に染めて朱雀院を見つめる綸音に、空洞淵は片手で目元を隠しながら涙声で告げる。

「突然こんなことになってしまって……。悪魔祓いの見学だってほんの興味本位のつもりだったというのに……。ミイラ取りがミイラになるとはまさにこのことです……」

「ミイラ取りが……？　この方は、元々何か悪魔祓いに関係したお仕事に――」

「キエエエェェェェ！」

「ヒィッ!?」

何か触れられては困ることに触れられそうになったところを裂帛（れっぱく）の気合いで止めた感は否（いな）めなかったが、恐怖と混乱のためかそんなことを考える余裕もなさそうな綸音は、頭を抱えて蹲ってしまう。

「――綸音、何事ですか」

そのとき薄暗い廊下の奥から、老女のような嗄れた声が響いた。空洞淵は顔を上げて闇に沈む先を見つめる。闇の向こうから、ゆらりと幻影のように現れたのは――エクソシスト、烏丸倫陀。彼女も眠るところだったのか、黒いキャミソールに身を包み、薄いカーディガンを肩から羽織っている。老木のように痩せ細った手足を惜しげもなく晒（さら）すその格好は、あまり男の前に出るようなものではなかったが、それでも一切動じた様子を見せずに空洞淵らを睥睨すると、重たい口を開いた。

「……本日、儀式の見学に来られた方ですね。このような時間に如何（いかが）されましたか？」

有無を言わさぬ強制力を持った問い。玄関に座り込んでいた綸音は慌てて立ち上がる。

「あ、あの、それがですね……」

怯えたように、綸音は姉の耳元で何かを囁いた。どうやら事情を説明しているらしい。

倫陀は表情一つ変えず、妹の説明に耳を傾けている。それから、ぐったりしながら謎（なぞ）の奇声を発している不吉な男を一瞥すると、辟易（へきえき）したように言った。

「──わかりました。昼間の儀式が原因で憑かれてしまったのならば、こちらの落ち度です。お祓いしますので、お上がりください。綸音、すぐに儀式の準備を」

姉の言葉に驚きを隠せない様子の綸音。

「で、ですが、お姉様。儀式は一日一回が限度と──」

「綸音。私はすぐに儀式の準備をなさいと言いましたよ」

「……っ」

姉の身を想（おも）っての発言は、しかし姉自身によって容赦なく切り捨てられる。綸音は今にも泣きそうな表情で、姉と空洞淵を見比べ、それから廊下の奥へと走り去って行ってしまった。

倫陀は、妹が闇の先へ消えたことを確認してから、再び空洞淵たちの方に向き直り、深々と頭を下げた。

「――こちらの不手際でご迷惑をお掛けしてしまい、申し訳ありません」

予想外の反応に、空洞淵は慌てて手を振る。

「い、いいえ。それよりも、こんな時間に勝手に押しかけておきながらここまで迅速なご対応を取っていただき感謝しています。あなたほどのお力があればこの男もすぐによくなることでしょう」

「そうですね。とてもつらそうですし、速やかにお祓いしましょう」

回れ右をして歩き出す倫陀に遅れないよう、朱雀院の肩を支えながら空洞淵も廊下を進む。自分よりも大柄な男を支えるのには些か苦労したが、何とかバランスを崩すこともなく、昼間儀式を行った奥の間へと辿り着いた。

倫陀に促されるまま、ぐったりした朱雀院を寝台へと横たえる。昼間は小柄な女性であったため、寝台は充分な広さがあるように思えたが、こうして無駄に大柄な男が横たわると大変手狭だった。正直見苦しくすらある。

脂汗を浮かべながら謎の呻き声を上げている人相の悪い大男の姿を、倫陀はどこか困った様子で眺めた。

「……本来ならば、身を清めるためにお召しものを替えていただく必要があるのですけれども……生憎と、女性用のものしかご用意していないのです。女性用のものに着替えていただくわけには参りませんし……」

「いえ、それならそれで面白そうなので、いっそお貸しいただければ――」

「キエエエェェェェ！」

言い掛けた言葉を、朱雀院の奇声が遮る。突然の咆吼に、さすがの倫陀も面食らったように目を見開く。恐らく初めてのパターンだったのだろう。一緒にいる空洞淵でさえ若干引いているのだから、それを初めて目の当たりにした倫陀の戸惑いといったらさもありなん。

コホン、とわざとらしく咳払いをしてから、仕方なく空洞淵は言う。

「すみません、本人はこのままがいいそうです」

「……この方、意識がおありなのですか？」

「いえ、どうやら薄れ行く意識の中、最後の気合いで意思表示をしたようです」

「はあ……。何と申しますか、凄まじい胆力の持ち主ですね」

どこか外れた倫陀の感想に少し焦るも、どうやら怪しんだ様子もないようなので、空洞淵は密かに息を吐いた。

それから、綸音が慌てた様子で数本の蠟燭やら水の入った湯飲みやらを抱えて部屋の中に入ってきた。慣れた様子でそれらを配置していく。仕事は丁寧で迅速だが――どこか動作は鈍重だった。恐らくこの意に反した儀式を無意識に拒否しているのだろう。

申し訳ない気持ちになりながらも、今はこうするしかないと、空洞淵はその感情を封印し、話題を変える。

「そういえば、手ぶらではよくないと思い、エクソシスト様に手土産を持参いたしました」

空洞淵は袂から、手のひらに収まるくらいの小ぶりなガラス瓶を取り出した。

「そちらは……？」

不思議そうに倫陀はガラス瓶を見つめる。中には、茶色い液体が満たされていた。

「こちらは、今街で話題のお茶でして……」空洞淵は淀みなく語る。「何でも飲むと体力が付いて元気になるそうです。私も試してみましたが、噂のとおり大変元気になりましたものですから、お疲れのご様子のエクソシスト様にも是非にと思いまして」

「それはそれは、ご丁寧にありがとうございます」

まるで疑う様子も見せずに、倫陀はガラス瓶を受け取った。眠気を覚まして儀式に集中するためか、早速蓋(ふた)を開ける。

「……お世辞にもいい匂いとは言えませんね。これは、一瓶まるまる飲んでしまってもよいものなのですか？」

「ええ、ぐいっといっちゃってください」

促されるまま、倫陀は茶色い液体を一気に呷る。

「如何でしょう？」

「味は……よくわかりません。いつも霊薬を飲んでいるためか、近頃霊薬の味もわからなくなっているくらいで……。ですが、身体によさそうな気配はします。どうもありがとうございました」

お礼と共に、空洞淵は空の瓶を受け取った。

それから間もなく、儀式の準備は整った。

妹の合図で、椅子(いす)に腰掛け意識を集中させるように双眸を閉じていた倫陀はゆっくりと立ち上がった。

「――それでは、今から儀式を執り行います。どうか再び憑かれることのなきよう、気をしっかりとお持ちになってください」

「はい、よろしくお願いします」空洞淵は、頭を下げた。

倫陀は、昼間と同じように、朱雀院が横たわる寝台の奥に設置された簡素な寝台へ腰を下ろし、妹に目配せをする。

「――綸音。霊薬を」

「……はい」

本当に嫌々という様子で、綸音は姉の命に従い、霊薬の包まれた薬包紙と湯飲みを渡す。倫陀は早速、薬包紙の中の白い粉を口へ運ぶ。口に含んだ瞬間、怪訝(けげん)そうな表情を浮かべたが、すぐに何事もなかったかのように湯飲みを呷り流し込んだ。

「それでは、儀式に入ります。どうかお静かに」

それだけ言うと、倫陀は寝台に横たわった。

いよいよまた地獄のような時間が始まる──綸音は、姉の傍らに跪き、何かに耐えるように両手を組み合わせて強く双眸を閉じている。

そして四半刻が過ぎようとしていたとき、異変が起こった。綸音がどこか慌てた様子で姉を窺う。すると、姉のエクソシストは、規則的に胸を上下させながら、気持ちよさそうな寝息を立てていた。

おそらく理解できなかったことだろう。こんなこと、今まで一度だってなかったはずだから──。

そんなとき、談話厳禁の儀式中であるにもかかわらず、室内に声が響いた。

「虚労虚煩眠るを得ず酸棗仁湯之を主る──」

綸音は、ゆっくりと顔を上げる。

「う、空洞淵先生……？　な、何を仰って……？」

「さっき倫陀さんに飲んでもらった元気が出るお茶は、酸棗仁湯という体力が低下した虚弱な人の睡眠を助ける効果がある漢方薬だったんだ。騙して悪いとは思ったけど……こうするのが一番手っ取り早かった。お姉さんは、きっと朝までぐっすりだよ」

空洞淵の言葉を合図として、寝台に横たわっていた朱雀院はむくりと起きあがる。

「……ったく、訳わかんねえ小芝居させやがって。これは貸しだからな、空洞の字」

「これは元々きみの案件だろう。僕は今日ほとんど仕事ができなかったんだから、むしろ貸しがあるのはこっちだよ」

突然目の前で始まった言い合いに驚きを隠せない様子の綸音。しかし、すぐに自分も姉も騙されていたのだと理解したようで、空洞淵を睨みつけ、声を荒らげた。

「ど、どうして私たちを騙したのですか！」

「どうしてって、きみが言い出したんだよ。倫陀さんを助けてほしいって」

「そ、それはそうですが……」気まずげに綸音は視線を逸らした。「しかし、一日に二度も姉に霊薬を飲ませるなんて、もっとほかにやりようはあったのではないですか」

「さっき倫陀さんが飲んだのは、霊薬じゃないよ。事前にすり替えておいたからね」

意外な言葉に、綸音は目を丸くする。

「霊薬のすり替えなんて、不可能です！　だって、厳重に保管されていて――」

そのとき部屋の一角が揺らめき、突然、橙色掛かった黄色の着物を着た童女が現れた。

「――まったく、妾を顎で使おうとは……霧瑚よ、お主も大概非常識よの」

突如室内に現れた十歳くらいの童女は、艶々とした黒髪のおかっぱ頭に二本の角を生やしていた。あまりの出来事に、口を開けたまま目を白黒させる綸音。

「紹介しよう。この娘は、槐。神出鬼没の、鬼だ」

　空洞淵に紹介された市松人形のような童女は、渋い表情を浮かべながら腕を組み、どこか横柄な態度で綸音を見やる。

「妾は、由緒(ゆいしょ)正しき鬼じゃ。歴史ある根源怪異ゆえ、様々な力を獲得しておる。姿と気配を消して、どこへでも行けるというのもその一つじゃ。霧瑚に言われ、この家にこっそり入り込み、霊薬とやらをすり替えさせてもらった。無論、『ぷらいばしー』なるものがある故、普段は控えておるので安心するがよい」

　それから、寝台の上の朱雀院に目を向けると、槐は意地の悪い笑みを浮かべる。

「にしても、つまらん面倒事を押しつけられたと思っておったが、なかなかどうして愉悦であった」

「なっ、このクソ餓鬼！　見たことをすぐに忘れろ！」

「ふふっ、朱雀や。お主もなかなか愛(う)いヤツよの。霧瑚同様、今後も可愛がってやろう。ふわぁ……それでは妾はもう帰って寝る。あとは、そなたらで勝手にやるがよい」

　可愛らしいあくびを残して、槐は初めからそこにいなかったかのように消えていった。

　あまりにも急すぎる展開に思考が追いついていない様子の綸音を真っ直ぐに見つめながら、空洞淵ははっきりと告げた。

「とにかく——きみたち姉妹はもう、誰かのためにその身を犠牲にする必要なんてないんだ」

一瞬きょとんとする綸音だったが、すぐにその意味を理解して——目から涙を零した。

「ほ、本当に……もう、こんな生活を続けなくてもいいのですか……？」

放心したように綸音は呟く。空洞淵は力強く頷いた。

「もちろん。大体、誰かの犠牲の上に成り立つ幸せなんて間違っている。だから、今までそれを犠牲にしてきた分、きみたちはこれから誰よりも幸せに生きていかなければならない。世の中はね、そうやって釣り合いを取っているものだよ」

穏やかに微笑みかけると、少女も釣られて僅かに微笑む。しかしすぐに悲愴な表情に戻って首を振った。

「ですが……お姉ちゃんの悪魔祓いで救われている人は、どうなるのですか……？」

そう、それが最大の問題だ。

愛する姉が苦しむ一方で、誰かが確実に救われている。そして、姉もそれを受け入れ納得している。もうこれ以上姉の苦しむ姿など見たくないのに——それでもそれを続けざるを得ない圧倒的な現実に、悲観するほかないのだろう。

しかしそれでも、空洞淵は穏やかに続けた。

「実はそのあたりの話をするために、嘘まで吐いてここへやってきたんだ」

「お話……ですか？」目元に浮かんだ涙を指先で拭い、首を傾げる。

「そう。僕はこれからきみにある真実を話す。それは、きみにとっては確実に救いになる話だけど……倫陀さんにとっては、ある意味自らの意思と目的を阻害する、余計なお世話でしかない。だからまず、きみに話を聞いてもらって、それを倫陀さんに伝えるか否かをきみに判断してもらいたいんだ。倫陀さんに眠ってもらったのもそのためだ」

「お、お姉ちゃんにとっては……迷惑な話なのですか……？」

「ある意味ね。だから、その先のことはきみが決めればいい。僕はきみの決定には一切関与しない。もちろん、それに関する手助けは可能な限りするつもりだけどね」

そう言って空洞淵は、寝台の上で煙草に火を点けようとしていた朱雀院に向き直る。

「それじゃあ、朱雀さん。悪いけどきみはここまでだ。もう帰っていいよ」

「ああっ!?　ここまで来てお払い箱かよ!?」

黒衣の祓魔師は、声を荒らげ咥えていた煙草をぽろりと落とす。幸いにしてまだ火は点いていなかったので大事には至らなかった。空洞淵は、諭すように続ける。

「ここから先は、彼女たちのプライベートな話だから、あまり第三者が立ち入るべきじゃないよ。きみだって、自分の仕事さえ戻ってくればそれで満足なんだろ？」

「そりゃあ……そうだけどよ」

「だったら後は僕に任せて。ほら、余計な人間がいると彼女も話しづらいだろう」

しばし、逡巡するように空洞淵を睨みつけていたが、屁理屈では敵わぬ相手と判断したのか、朱雀院は床に落とした煙草を拾い上げた。

「わーったよ。子どもの前で煙草吸うのも気が引けるしな。俺ぁ、先に帰んぜ。あばよ」

気怠げに手を振り、男は部屋を出て行った。大きな背中を見送ってから、空洞淵は息を吐く。

「あれはあれで自由人だから気にしなくていいよ。やっぱり、二人だけのほうが僕も説明しやすいしね」

「その……お心遣い、感謝します」

「構わないよ。それじゃあ――」

そうして空洞淵は、改めてそれを告げた。

「それでは、始めようか――。虚飾に塗(まみ)れた偽りの悪魔を祓う、本物の悪魔祓いを」

8

「まず、極めて根本的なことを伝えなければならない。覚悟はいいかい?」

「――はい、お願いします」

空洞淵の有無を言わさぬ真剣な言葉に、少女はゆっくりと頷いた。少女の、ただ運命を打開する可能性のみを求めるその瞳を認めてから――空洞淵は容赦なく真実を突き付ける。

「結論から言うと——烏丸倫陀はエクソシストではない」

「……は？」

まるで予想していなかったであろう一言に、綸音は静止してしまった。

「さらに言ってしまえば、悪魔祓いのような特殊能力もない。普通の——女の子だ」

「ちょ、ちょっとお待ちください……」

衝撃のあまり呼吸困難になりかけながらも、綸音は必死の様子で尋ねる。

「少々、理解が及びません……。順序立てて、説明していただけませんか……？」

「もちろん、初めからそのつもりだよ」

あくまでも余裕を崩さずに空洞淵は続ける。

「すべては、吸血鬼騒動の際、きみが吸血鬼になってしまったことに始まる。幼い頃に両親を亡くし、倫陀さんにとってきみは、掛け替えのないただ一人の家族だった。だから苦しむきみを見て、どうにかして助けてあげたいと、倫陀さんは強くそう願った」

綸音は黙って頷いた。空洞淵の言葉は、ほとんど彼の想像でしかなかったが、少なくとも綸音にとっては何の違和感もなく受け入れられるものだったのだろう。

「そしてきみを助けるために方々を巡り、ある人物と出会った。それが誰であったのかは重要ではないので、ここでは省くけれども……。とにかく倫陀さんは、その人物から

〈霊薬〉を受け取った。それによって倫陀さんは、霊薬を飲んでいる間だけ、悪魔祓いをする異能を獲得したんだ」

「つまりお姉ちゃんが、さるお方から悪魔祓いの力を授かった、と言っていたのは……？」

「そう。倫陀さんが授かったのは、厳密に言うと能力ではなく、あくまでも霊薬だったんだ。倫陀さん自身は、それまでと何も変わりなく、普通の人間だった。もちろん、倫陀さんの目的はきみを救うこと、ただそれだけだったのだから、何も問題なかったんだけど……きみを救ってから、倫陀さんには新たな気掛かりが生まれてしまった」

「新たな、気掛かり……？」

「そう。もしまた、きみが何らかの感染怪異に罹(かか)ってしまったらどうしようと、そう思ってしまったんだ。霊薬にはまだ余裕があるから、数回は問題なく祓えるだろう。しかし、霊薬が底を突いてしまったら……また綸音さんは苦しむことになる。倫陀さんは、その万が一を恐れたんだ」

「ちょ、ちょっと待ってください！」

　納得がいかないのか、綸音は空洞淵の説明を遮った。

「いくらなんでも、それは考えすぎでしょう。これまで普通に、感染怪異のことなんて気にせず生活してきたのに……。たった一度、それに罹ったくらいで、そこまで先のことを心配するなんて、過剰反応過ぎます！」

　綸音の主張は極めて正論だ。しかし、人は必ずしも論理的に動くとは限らない。

「羹（あつもの）に懲（こ）りて膾（なます）を吹く、なんて言葉もある。一度でも心を壊しかねないほど恐怖した人間は、臆病（おくびょう）になるものだ。倫陀さんにとって、感染怪異できみを失うかもしれない、という可能性は、実際のものよりも格段に起こりうるもの、という認識になってしまった」

「それほどまでに、お姉ちゃんは私が感染怪異になることを恐れたと……？」

　まだ納得していない様子ではあったが、決してあり得ないことではないと思い直したのか、綸音はまた空洞淵の説明を聞く態度を示す。

　空洞淵は深々と頷いてから、続ける。

「そう。だからこそ、倫陀さんは見学可能な悪魔祓い、なんてものを無償で始めたんだ。彼女の狙（ねら）いはただ一つ。霊薬が残っているうちに、可能な限り多くの悪魔憑きを救い、またその様子を多くの人に見学させることで、〈烏丸倫陀はエクソシストである〉という感染怪異を生み出し、霊薬がなくなった後でも、感染怪異になった綸音さんを確実に救える体制を整えることだったんだ」

　それは、あまりにも非常識な論理。綸音は大きく目を見開く。

「ではまさか、私のために、姉はあんな無茶を続けていたと……！」

放心したように呟く綸音。空洞淵は重々しく頷く。

「そう、それが論理的帰結だ」

それまで健康に気を遣ったことなどなかった人が、年老いて少し大きな病気をしただけで、途端、必要以上に健康に気を遣うようになる、というのはよくあることだ。

往々にしてそれは、自らの死という結末を回避したいと願う力が原動力になるものだが、倫陀の場合は妹の身を案ずる気持ちが原動力となった——。あり得ないとは言い切れないはずだ。

綸音もまた、姉からの深い愛情を自覚していたためか、空洞淵の言葉に異論を挟まなかった。

「部屋を暗くしたり、蠟燭を立てたりといった演出に凝ったのも、やって来る悪魔憑きや見学者に、エクソシストであるということをより強く印象づけるためだ。そもそもこの街の人にとっては、悪魔憑きもエクソシストもそれほど名の通った存在ではないからね。感染怪異を生み出すためには、まず認知を広める必要がある。すべてはそのための計算だったんだよ」

そう、ただそれだけの、こと。

複雑な事情や理念や意思や思惑など、一切介在していない。

根底にあったのは、本当に単純で一途（いちず）な——妹への想い。

ようやく姉の真意を知るに至った妹は、堪えることもなくぼろぼろと大粒の涙を零しながら、気持ちよさそうな寝息を立てる姉に縋りつく。

「――ごめんね、お姉ちゃん……気づいてあげられなかった……。でも、私だってお姉ちゃんが苦しいのはいやだよ……お姉ちゃんの妹なんだから……私にもお姉ちゃんの幸せを、想わせてよ……」

眠る姉は答えない。ただ、幸せな夢を見るように微かに口元を綻ばせている。

空洞淵が初めて目にした、倫陀の年相応の愛らしい微笑みだった。

仲睦まじい姉妹を眺めながら、空洞淵は穏やかに語る。

「僕がきみに語ったことは、きっと倫陀さんにとってはただの余計なお世話なんだろうけど……。倫陀さんがしようとしていることも、きみにとってはきっと余計なお世話だろうから、どっちもどっち、なのかな。とにかく僕がきみに伝えるべきことはこれですべてだ。このあとどうするかは、きみたちでよく話し合って決めてほしい。互いに互いのことを思い遣っていれば――たとえ何があったとしても、きっといい結末になると思うよ」

空洞淵は一度大きく伸びをして、身体の凝りを解した。

「――それじゃあ、僕はもう帰るね。何かあったら、いつでも伽藍堂を訪ねておいでよ。倫陀さんにも、そう伝えておいてもらえるかな」

返事も待たずに、空洞淵は儀式の間を出た。背中からは綸音の声が聞こえるが、もう何を言っているのかまでは聞き取れない。

本当に彼女を救えたのだろうか、と自問する。しかし、すぐにそんな無意味な問いは頭の中から消し去った。誰かを救うなんて、あまりにも尊大で烏滸(おこ)がましい。

結局のところ――自分を救えるのは自分だけなのだ。自分で決めた未来にこそ価値がある。あとは、彼女が決めることだ。

家を出ると、冷たい夜風に全身を撫でられた。

思わず身震いをして、襟元をしっかりと合わせる。

空には歪(いびつ)な月が浮かんでいた。正確な時刻はわからなかったが、少なくとも日を跨いでいることは確実だ。

神社の御巫姉妹には、帰りは遅くなるから先に寝ていて構わない、と伝えておいたが、きっと二人とも律儀(りちぎ)に起きて空洞淵の帰りを待っていることだろう。

早く戻ろう、と足早に歩き出したところで――意外というか予想どおりの人物に出くわした。

「――よう、奇遇だな」

漆黒の祓魔師――朱雀院は、大木に背を預けながらいつもどおり不吉な装(よそお)いで、不機嫌そうに煙草を燻(くゆ)らせていた。空洞淵は、苦笑を浮かべて肩を竦めた。

「おまえさん一人で夜道を帰らせたと綺翠嬢ちゃんに知れたら、どんな折檻が待ってるかわかったもんじゃないからな。ちゃんと責任を持って、神社まで送ってやるよ」

相変わらず人がいい。朱雀院の提案は、空洞淵にとっても都合がよかったので、大人しく送ってもらうことにする。

しばらく無言のまま、肩を並べて歩く。また一本煙草に火をつけたところで、ようやく朱雀院は口を開いた。

「なあ……。結局、解決したのか？」

「どうだろうね。それは彼女たちが決めることだけど……。たぶん、あの姉妹ならこれから上手くやっていくんじゃないかな」

「……そうか。まあ、仕事が戻ってくりゃ俺はそれで満足だからな。これ以上は詮索しねえよ」

ぶっきらぼうにそう言うが、その横顔はどこか嬉しそうだった。きっと朱雀院も、烏丸姉妹が幸せになることを喜ばしく思っているのだろう。商売敵だったはずなのに、まったく人がいい。

「――ねえ、朱雀さん。きみ、弟妹はいるかい？」

空洞淵はつい聞かなくてもいいことを尋ねてしまう。朱雀院は、一瞬訝しげな顔になるがすぐに、さてね、と肩を竦めた。

「俺は孤児だから、よくわからねえよ。でも、もしかしたら、血を分けた弟か妹が、〈幽世〉のどこかにはいるのかもな」

遠くの空へ視線を向けて、黒衣の祓魔師は細く長く、紫煙を吐いた。

曖昧な答えだったが、空洞淵は十分満足して、そう、とだけ返す。

それからまた何の気なしに宙に浮かぶ白銀の月へ目を向ける。

とても高いところから、底冷えするように鋭利な光を放っている。

その様子に、いつかの夜に出会った、この世のものとは思えないほど美しい少女を思い出す。

白銀の愚者――銀月詠。空洞淵をこの〈幽世〉へ連れ込んだもの。

倫陀に〈霊薬〉を渡したのが月詠なのだとしたら、この展開もまた彼女の企みなのだろうか。

いったい何が目的で、月詠は空洞淵の周囲に影を見せるのか。

何もわからないけれども……何かが静かに動き出していることだけは確かだった。

この〈幽世〉を根底から覆す、大きなうねりのような何かが――。

そこまで考えて、空洞淵は溜息混じりに白い息を吐く。

こんなことを考えても意味などない。

いつだって、人間は大きなうねりのまえには、身を任せることしかできないのだから。流れを変えられるのは、不世出の天才や英雄――あるいは、人知を超えたモノぐらい。〈幽世〉で言うならば、金色の賢者か破鬼の巫女か。

そんな存在に太刀打ちなどできるはずもない、と空洞淵は苦笑を浮かべた。

自分にできることなど、目の前で困っている人に手を差し伸べることとくらいだ。

いずれにせよ、今は一歩ずつゆっくりと歩いていくことしかできないのだから、しばらくは何も考えず、流れに身を任せてみよう。

空洞淵は、自らの導き出した結論に満足して――隣を歩く朱雀院にばれないよう、密かに微笑みを浮かべた。

9

悪魔祓いの夜から、一週間が経過した。

結局、あの夜が明けた翌る日、烏丸姉妹は残った〈霊薬〉を手に揃って伽藍堂へと姿を現し、もうエクソシストとしての仕事は辞める旨を空洞淵へと報告してきた。

どうやら綸音はすべてを姉に打ち明けたらしい。密かに望んでいた彼女たちの選択だったので、肩の荷が下りたとばかりに空洞淵は胸を撫で下ろした。

彼女たち——特に、綸音は、涙を流しながら何度も何度も頭を下げてきた。その都度、大したことはしていない、と答えたものの、それでも止まらず結局最後までお礼を言いどおしだった。そこまでされてしまうと、むしろ申し訳ない気持ちになってくる。

対する倫陀は、まるで憑き物が落ちたように穏やかな眼差しをしていた。まだ身体のほうは本調子でないのだろうけれども、エクソシストを辞めるのであれば追々回復してくることだろう。何かあったら、漢方で回復を手助けしてあげよう、と密かに決意する。

倫陀への依頼は、そのまま朱雀院へ回されることになったようだ。彼女への依頼は若い女性が多かったようなので、人相の悪い大男である朱雀院では手に余ることもあるだろう。さりげなく空洞淵は、有事の際はいつでも綺翠に依頼を出すよう伝えておく。

また後日ちゃんとお礼に伺います、と言い残して烏丸姉妹は伽藍堂を去って行った。

それからは、特に何事もない日常が戻ってきた。

来店する患者の診察はもちろんのこと、配置薬を調剤して街中に配ったり、たまに大鵠庵へも顔を出したり。

また頻繁に遊びに来る槐や、暇つぶしに覗きに来る朱雀院や釈迦堂を適当にあしらう日々。何だかんだと忙しい毎日だった。

そのため、御巫姉妹へのお土産に例のきんつばを買うことをすっかり忘れてしまっていた。今日こそは必ず買って帰ろう、と心に誓いながら黙々と調剤作業を続けていたところで、戸が開かれた。

瞬時に意識を仕事へと切り替え、戸口へと視線を向けると——。

「——こんにちは、空洞淵先生」

フリルとレースをふんだんにあしらった白いドレスを着た少女が、上品に小首を傾げて佇んでいた。

一瞬、誰だかわからなかったが、すぐにその人物に思い当たり尋ねる。

「ひょっとして……烏丸倫陀さん？」

「——はい」

少女は嬉しそうに微笑む。

「その節は、大変お世話になりました」

「あ、いや、その……こちらこそどうも」

動揺のあまり、上手く言葉が出てこない。

朴念仁であることに定評のある空洞淵ではあるが、こんなに言葉が継げなくなるほど、倫陀は美しく豹変(ひょうへん)していた。

傷んで枝毛の多かった髪は、艶やかな黒髪に。

かさつきひび割れていた肌は、瑞々(みずみず)しく潤い。

木の枝のように痩せ細っていた身体は、女性らしいふくよかさをいくぶん取り戻し。

老婆のようだった嗄れた声は、凜として響く若々しいものに変わっていた。

そして何より、ぎらぎらと鋭い眼光を放っていた双眸は、今は穏やかで優しい光を湛えている。

瘦せ細り、幽鬼のように髪を振り乱していた頃の面影はもはや皆無。

今、空洞淵の前にいるのは、本当にどこにでもいるような、ごく普通の少女だった。

「少々お時間よろしいでしょうか?」

幸いにして今は急ぎの仕事もなかった。空洞淵は、倫陀を店内へと招き入れる。

囲炉裏の脇に座布団を敷き、腰を落ち着けてもらったところで、空洞淵も対面に腰を下ろして改めて尋ねた。

「その後、調子はどうですか?」

「ええ、先生のおかげで随分と身体の調子が戻ってきました」

嬉しそうに倫陀ははにかむ。確かに一目見て、明らかによくなっている。霊薬を止めただけでなく、栄養状態や睡眠状態も改善したのだろう。空洞淵が何かをしたわけではなかったが、倫陀が元気になったようであれば、彼も嬉しかった。

「それで、今日はどういったご用件で?」

少しだけ緊張する。倫陀が一人で訪れたというのが気になったからだ。お礼ならば、一週間まえすでに妹の綸音とともにやって来た際、過剰なほど受け取っていたので、あえて倫陀一人でやって来たということは、ひょっとしたら文句の一つでも言われるのではないかと身構えてしまう。

何しろ、空洞淵が倫陀の目的を邪魔したことは、紛れもない事実なのである。

空洞淵の言葉から、ささやかな緊張を感じ取ったのか、倫陀は苦笑を返した。

「いえ、そんな。先生のしてくださったことに不満などございません。確かに私の目的は阻まれましたが……結果的には最良の判断だったと思いますので」

それから座布団の上で姿勢を正し、綺麗な所作で床に指を突いた。

「空洞淵先生。一つだけ、前回妹と参りました際にお伝えし忘れていたお礼を申し上げます」

万感の思いを視線に乗せて、少女は告げた。

「妹に――嘘の説明をしてくださいまして、本当にありがとうございます」

空洞淵は意表を突かれて黙り込むが、すぐにこれ以上嘘を重ねても意味がないと悟り、頭を掻いた。

「お礼を言われるほどのことではありません。それで諸々が上手くいったのであれば、僕は十分です」

「謙虚なのですね」倫陀は苦笑する。「しかし、空洞淵先生があえて嘘の説明をしてくださったことは、綸音から話を聞いてすぐにわかりましたが、そうならばつまり、先生は私の目的を見抜いておられたということになりますよね。すぐ近くにいた綸音にさえ悟られなかった私の目的を、何故あの日たまたま訪れただけの先生に見抜かれてしまったのか……。どうしても気になってしまったので、本日こうして私一人でご挨拶(あいさつ)に伺った次第です」

「……なるほど」

倫陀の来店目的がわかり、空洞淵は安心する。

すべて上手くいったのであれば、空洞淵の説明などどうでもよいのではないか、と思わないでもなかったが、騒動の当事者である倫陀からそれを求められてしまったら、空洞淵としても答えないわけにはいかない。

大抵がただの当て推量なので、改めて説明するのも恥ずかしかったが……この際仕方がないと、空洞淵は諦めて語り始める。

「朱雀さん――一緒にあなたのお祓いを見学しに行った男が言っていたんです。悪魔祓いのとき、依頼者に悪魔が取り憑いていたのは間違いないけど、その後、倫陀さんに悪魔が取り憑いたのはわからなかったと。本人は、感応霊媒は専門ではないので原理がわからないと言っていましたが……僕はこれが事実なのだとしたらどうなるのだろう、と考えました。つまり――悪魔祓いに際して、倫陀さんには本当に悪魔が取り憑かなかったのだと」

「しかし……悪魔が私の身体に入らなかったのだとしたら、私はどのようにして悪魔を祓ったのでしょう？」

「もしも、倫陀さんの身体に悪魔が取り憑かなかったのだとしたら、事前の説明に虚偽が含まれていることになります。ならば何故そのような嘘を吐く必要があったのか……。それを考えたとき、一つの仮説が思い浮かびました。つまり――そもそも悪魔祓いを行っていたのはあなたではないのではないか、と」

　空洞淵の指摘に、倫陀は何も言わずただ口元を緩めて微笑んだ。

「では、誰が実際に悪魔祓いを行っていたのか……。あなたが悪魔祓いを行わなかったとしても、実際に悪魔が祓われていることは現役の祓い屋である朱雀さんによって確認されています。ならばそれはいったい何者によるものか。状況を考えて、消去法で答えは絞られます。つまり――あなたの妹、烏丸綸音さんこそが、実際に悪魔祓いを行っていた張本人です」

　論理的にも自然な結論だ。

　問題は、いったい何故そのようなことになっていたのか、という不可解さだけ。

「では、綸音さんが本当のエクソシストだったという前提で諸々を振り返ってみましょう。綸音さんがエクソシストとして覚醒したのは、おそらく先の吸血鬼騒動のときでしょう。吸血鬼の感染怪異に罹ってしまった綸音さんでしたが、その苦しみの中、無意識に自らの才能を覚醒させ、自分自身の感染怪異を祓うことに成功しました。もちろんこれは、喜ばしいことであり、普通であれば何事もなくそのまま終わる出来事だったのですが……ただ一人、彼女の側でそれを見ていたあなただけは違った。あなたは妹が祓い屋として覚醒してしまった事実を隠蔽(いんぺい)するために、この度の無償悪魔祓いを計画したのです」

「──何故私は、妹の覚醒を隠そうとしたのでしょう?」

試すような流し目を向けてくる倫陀。空洞淵はそれを正面から受け止めて答えた。

「あなたが本当に隠したかったことは、綸音さんの覚醒ではありません。綸音さんが……実の妹ではないという事実です」

空洞淵の言葉を受け入れるように、烏丸倫陀は双眸を閉じて小さく息を吐いた。

それを無言の肯定と受け取り、空洞淵は続ける。

「……失礼ながら、お二人の顔はあまり似ていません。もちろん似ていない兄弟、姉妹などどこにでもいますが……一旦僕はその事実を論拠として、推理を進めてみました。あなたは、綸音さんが祓い屋として覚醒してしまった事実を知り、焦ったことでしょう。何故なら街では御巫神社の影響で、長姉が祓い屋になると知られていたからです。だからこそあなたは、綸音さんが自らの覚醒に気づくことを恐れたのです。もしも、自らが祓い屋であると気づいたら、必然的に倫陀さんの妹ではないことが明らかになってしまうのですから」

初めは小さな疑問であっても、やがてそれは心の中で大きくなり、精神を蝕(むしば)んでいく――。実の姉妹ではないという事実を、倫陀がこれまで必死に隠してきたのだとしたら、些細な芽でも摘んでおきたいと考えるのは自然なことだ。

「綸音さんの覚醒の事実を知ったとき、あなたは焦ったはずです。今はまだ本人が覚醒を自覚していないから大丈夫ですが、このままでは遅かれ早かれ、その事実に気づくでしょう。そしてこの先どうすればいいかわからなくなったところで――あなたの前に〈白銀の愚者〉が現れました」

倫陀は何も答えずに、真っ直ぐに空洞淵を見つめていた。

「霊薬とともに彼女から計画を授かったのか、あるいは霊薬だけを授かりその先はあなたが自分で考えたのか、僕にはわかりません。とにかくあなたは、綸音さんが覚醒した事実を隠すためにある決意を固めました。あなたは、霊薬によって悪魔祓いを行っているふうを装い、そしてその事実を多くの人に認知させることによって、綸音さんが持つ祓い屋としての能力をそっくりそのまま奪い去ってしまおうとした。それが、無償の悪魔祓いの真相です」

〈烏丸倫陀はエクソシストである〉という感染怪異を生み出すために、自らが本物のエクソシストとなるために、無償の悪魔祓いを行っていた、という結論は綸音に語った推理と等しいが、その根底にある想いが違っていた。

倫陀が真に恐れたのは、綸音がまた感染怪異になることではなく、綸音が倫陀との血縁関係を疑ってしまうことだった──。

「霊薬を飲み、苦しむあなたの姿を目の前で見ていた綸音さんは、姉を助けたい一心で、無自覚のまま悪魔祓いを行っていたのです」

姉は妹のことを想い、そして妹もまた姉のことを想っていた。

血縁などまったく関係ない。二人は紛れもなく、本当の姉妹なのだ──。

それが今回の一件で確認できた、ただ一つの真実だった。

だからもう、偽りの悪魔祓いは必要ない。

たとえ綸音が覚醒を自覚し、倫陀と血縁関係にないという事実を知ってしまったとしても──二人の関係は変わらない。

血の繋(つな)がりなどよりもよほど強い絆(きずな)で繋がっていることがわかっているのだから。

空洞淵の説明を聞き終えた倫陀は、穏やかな笑みを湛えたまま小さく息を吐いた。

「──お見事、ですね。すべて先生のおっしゃるとおりです。まるで私の行動が見通されていたようで少し恐ろしいほどです。先生にも、賢者様のような千里眼が備わっているのですか?」

「まさか。ただの観察に基づいた推論に過ぎません」

肩を竦める空洞淵に、倫陀は苦笑して、謙虚なのですね、とまた言った。

僅かに視線を遠くへ向け、倫陀は切なげに続ける。

「あの子は……綸音は、私が五歳になった頃、両親が連れてきた子どもです。一応、遠縁に当たるようで、生まれてすぐに親を亡くし、親戚をたらい回しにされ不憫（ふびん）だっためうちで引き取ることにしたそうです。両親はあの子が傷つかないようにと、この事実を隠して綸音を実の子として育て始めました。だから私も、綸音のためにあの子を実の妹として可愛がることにしました」

倫陀は小さく息を吐いた。

「亡き両親のために、そして何よりあの子のために、私はこの秘密を墓まで持って行く覚悟だったのですが……まさかあの子が祓い屋として覚醒したがために、その秘密が破られるなんて。本当に思ってもいないことだったので……私は神様を恨みました」

悔しげに、倫陀は奥歯を噛む。

「どうやってあの子に真実を告げようか、どうやって両親の墓前に謝ろうか、そんなことを考えながら歩いていたところで、私は白銀に光る美しい少女と出会いました」

月詠だ、と空洞淵は直感的に理解した。

倫陀は、視線を遠くへ向けてそのときのことを回想する。

　残酷な現実を前にして、烏丸倫陀は居ても立ってもいられなくなり、気がついたら夜の街を徘徊（はいかい）していた。

　極楽街の治安は極めて良好であるとは言え、夜間に若い女が一人で目的もなく歩き回ることは決して安全とは言えない。悪い人間が皆無であるわけではなかったし、何より得体の知れない怪異に襲われる危険性があったから……。

　それでも倫陀は、気にせず歩みを進める。自らの身の危険を考慮できないほどの難題が彼女の思考を支配していた。

　最愛の妹が、退魔の力を持っていた——。

　綸音は今、家でぐっすりと眠っている。街で大流行している吸血鬼になり、苦しんでいた彼女が救われたことは素直に嬉しく思う。だが、この展開はまったく予想していなかったので、これから先どうすればいいのか、わからなくなってしまった。

　何もなかったかのように、これまでどおり過ごすことは難しいだろう。

　ひょんなことで綸音が自らの能力を自覚してしまう可能性は決して低くないし、何より倫陀自身がその可能性に怯えながら日々を暮らすことになる。それでは当然、日常生活もままならない。

　どうにかして、綸音に覚醒を悟られないようにしなければ……。

　しかし、どうやって……。

心に絶望が満ち、暗澹（あんたん）たる思いで重たい足をただ前へ進める。

その先に何かが待っていることを期待していたわけではない。

だが、それでも――奇跡はあった。

「もし――何かお困りでは？」

突然声を掛けられて、倫陀ははっとする。気がつくとそこは、市街地を抜けて森の入口に差し掛かろうというところだった。さすがにこれ以上進むのは気が引ける――無意識にそう思わせる境界で、倫陀はそれと出会った。

妖怪たちが蠢（うごめ）く夜の森の狭間（はざま）に佇んでいたのは、この世のモノとは思えないほどに美しい少女だった。

人形めいた端整な顔立ち。染み一つない白磁の肌と、白銀の髪が月明かりを反射し、さながら少女自身がぼんやりと光り輝いているようにも見えた。

一目見て、人間ではない、と倫陀は思った。

あるいは、このまま食べられてしまうのではないかと、恐怖のあまり喉を引きつらせて黙り込んでいると、

「もしよろしければ、あなたの悩みを解決して差し上げましょう」

白銀の少女は、声に多分の幼さを残しながらも、今は亡き母のような包容力溢れる口調でそう告げた。予想もしていなかった展開に、一瞬夢でも見ているのかとも思ったが、

すぐに目の前の光景が紛れもない現実であると悟る。

踵(きびす)を返して逃げ出すこともできたはずだが、倫陀は立ち尽くして少女を見つめた。不思議と恐怖心は薄れていた。

ゆったりとした歩調で、少女は倫陀の元へ歩み寄ってくる。自分より頭一つ分も背の低い白銀の少女は、どこか神秘的な光を湛えた翠玉色の瞳で倫陀を見上げた。

「――妹様の祓い屋としての力、上手くすればあなたに移すことができるかもしれません」

そう言って差し出された白い手のひらの上には、数片の薬包紙が載っていた。

「この〈霊薬〉を服用することで、周囲の人間はあなたを祓い屋――エクソシストであると認識するようになります。ただし――〈霊薬〉はとても強力なので、あなたの命をも蝕むことでしょう。それでもあなたは、この現実を変えたいですか？」

そこで一旦言葉を止め、倫陀は改めて空洞淵を見やりながら告げた。

「――熟考の末、藁(わら)にも縋る思いで、私は白銀の少女から〈霊薬〉と、私自らがエクソシストに成り変わる方法の詳細を授かりました」

「つまり、この一件を企てたのはすべてその少女だったわけですね？」

空洞淵の念押しに、倫陀は、はい、と頷いた。

「私はただ、妹を守るため、授けられた計画に従うことにしました。あとのことは……先生のお話のとおりです」

エクソシストになれなかった少女は、力なく微笑んだ。

やはりすべては月詠の差し金だった。これほど入り組んだ計画を、普通の町娘が一人で思いついたとは考えづらかったので、腑に落ちた、とも言える。

それにしても、月詠はいったい何を考えてこんな手の込んだ真似をしたのか……。

空洞淵の思考が逸れ掛けたところで、倫陀が「ところで」と話題を変える。

「結局、〈霊薬〉とはいったい何だったのでしょうか。飲んでいる最中は意識が朦朧としていたのでよくわからないのですが……私の身体は、まるで悪魔が取り憑いたように暴れていたのですよね？　しかし、悪魔を祓っていたのは綸音……。ならば、〈霊薬〉とは……？」

当然の疑問だった。どう伝えたらよいものかと空洞淵は悩むが、結局正直に答えた。

「……〈霊薬〉の正体は、ストリキニーネです」

「すと……？」聞き慣れないためか、不思議そうに倫陀は首を傾げた。

「ストリキニーネというのは、マチンと呼ばれる植物の種子に含まれる物質で、舐めると異常なまでの苦みを呈する特徴があります」

あの頑丈そうな朱雀院が、一舐めしただけで転げ回るほどの苦みなのだから、相当なものなのだろう。生憎とさすがの空洞淵もまだその味は経験したことがない。

「ここからは少々専門的な話になりますが、ストリキニーネはインドールアルカロイドの一種で、グリシン受容体の遮断作用があります。神経伝達物質であるグリシンは、抑制的に神経に作用するのですが、ストリキニーネはそれを阻害するため、抑制の阻害――つまり、物質の作用としては、神経を興奮性に亢進（こうしん）させることになります。このため、わずかな刺激に対しても過剰に筋肉が反応してしまうようになるんです」

　空洞淵の説明に、倫陀は曖昧な笑みを浮かべている。おそらく理解できていないのだろう。少々不親切だったかと反省し、もう少し言葉を噛み砕く。

「……ようするにこの薬を飲むと、まるで悪魔に取り憑かれたかのように、激しく暴れて痙攣するようになる、ということです。そういう状態を誘発する猛毒なのです。もちろん〈霊薬〉は、賦形剤（ふけいざい）によってかなり希釈されていたはずですが」

「――やはり、毒でしたか」

　倫陀は深いため息を零す。

「白銀の少女からは、『一日一回を限度に。それ以上は命の保証ができません』と伝えられていたので、その指示には従っていたのですが……。私は文字どおり命を削りながら、現実を変えようとしていたのですね」

「ストリキニーネには蓄積性もありますから、もう少し続けていたら、本当に命を落としていたかもしれません」

そういった意味でも、空洞淵たちの介入はぎりぎりのタイミングであったのかもしれない。念のため、烏丸邸に忍び込んでもらっていた槐には、その日のうちにもう一度儀式をやるようであればすぐに知らせるようにと伝えておいたのだけれども……。

それにしても翌日などではなく、真相に気づいた日の夜に無理を押して解決に臨んで本当によかったと思う。

「ご迷惑をお掛けいたしましたこと、改めてお詫び申し上げます」

倫陀は一度深々と頭を下げる。

「……私は偏(ひとえ)にあの子のことだけを思い、行動してきたつもりでしたが……結果としてあの子を苦しませてしまいました。私は、姉失格です」

言外に複雑な思いを込めて、烏丸倫陀はそう言った。彼女の行動が正しかったのか誤っていたのか。それは今さら誰にもわからないけれども……結果的にこの先、姉妹が二人幸せに過ごせるのであれば、些末な問題だ。だから、誰にでも間違いはありますよ、と肩を落とす姉を慰める。

「想いが強いからこそ、選択を誤ることもあります。でも、それは決してやり直せないものではありません。お互いを尊重し、きちんと話し合えば、必ず双方にとってよりよい道を選べるでしょう。お二人は、〈幽世〉でたった二人だけの家族なのですから——」

「――ありがとう、ございます」

そう言って、倫陀は憑きものが落ちたように穏やかな笑みを浮かべた。

一筋の涙が、彼女の目元からこぼれ落ちた。

10

空洞淵霧瑚は、神社の鳥居へと続く長い石段を一人で上っていた。

片手には、つい先ほど購入したばかりのきんつばが包まれた風呂敷がぶら下がっている。

結局あの後は仕事に集中できなかったため、本日は早々に店を切り上げることにした。

本当は、そのときの気分で仕事をするしないを決めるのはあまり好きではなかったが、今日はもう充分仕事をした、と勝手に自分を納得させた次第だ。

鳥居を潜り、玉砂利を避けて石畳を進むと、手水場のところで箒を手にのんびりと掃き掃除をしている巫女装束の少女を見つけた。近づいて声を掛ける。

「ただいま、穂澄」

小さな影は、暢気に手を振る空洞淵を認めると、子犬のように駆けてきた。

「お兄ちゃんお帰り！　今日は早いね！　もしかしてお姉ちゃんが恋しくなっちゃっ

た？」

にこにこと、まったく邪気を感じさせない笑みで空洞淵を見上げる。特にそういったわけではなかったが、そんなとこかな、と曖昧に応じた。

御巫神社の妹巫女である穂澄は、人当たりがよく、穏やかな性格をしているため街の人々からは、まるでマスコットのように可愛がられているのだが……その圧倒的な長所とは裏腹に、ことあるごとに姉である綺翠と空洞淵をくっつけようとする悪癖があった。十五歳という年頃を考えれば、色恋沙汰に興味津々（しんしん）なのも当然なのかもしれないが、色恋に積極的ではない空洞淵としては対応に困るばかりだ。

それと、年の割に少々子供っぽいのも難点と言えば難点か。十五ともなれば、もうそれなりに大人に近づいているので、急に飛びつかれたりするとドギマギしてしまう。よくいえば純粋無垢（むく）。おそらくは、姉の教育方針なのだろうが、いつか悪い男に引っ掛からないかと、少し親目線で心配になってしまう。

「お兄ちゃん？　どうかした？」

不思議そうに小首を傾げる穂澄を見て、空洞淵は余計な思考を振り払う。

「ごめん、何でもないよ。それよりも今日はお土産があるんだ」手に提げていた風呂敷を示す。「街で流行りのきんつばを買ってきたから、みんなで食べようと思って」

「きんつば！」穂澄の声が、一段階跳ね上がった。「最近話題になってるよね！　わあ、食べてみたかったんだ！　ありがとう、お兄ちゃん！」

きんつばくらいでここまで喜んでくれるなら、毎日でも何かしらのお土産を買って帰りたくなるが、この子の真っ当な成長のためにはあまり甘やかすのもよくない。空洞淵は鋼鉄の自制心で我慢するのだった。

穂澄に手を引かれながら、拝殿の裏手の母屋へ向かう。

「綺翠は？」

「お姉ちゃんも今日はのんびりしてるよ。たぶん居間にいると思うからお話しして待っててね。特別にいいお茶淹れていくから！」

可愛らしくウィンクを残して、穂澄は廊下を小走りに駆けていった。

空洞淵は居間へ向かう。居候の身ではあるが、勝手知ったる何とやらだ。

そして居間へ到着した空洞淵は、思いがけないものを見て息を呑んだ。

破鬼の巫女——御巫綺翠が卓袱台に上体を預け、両の腕を枕代わりにして静かに眠りこけていたのだ。

珍しい、と空洞淵は驚く。

というのも、綺翠は街の顔役として常に気を張っており、普段、他人に隙を見せることが極端に少ないためだ。能面のような無表情を貼りつけ、感情の籠もっていない落ち着いた声で話すことが常であり、こうして安心しきった年相応の姿を不意に目にしてしまうと、なるべく意識しないようにと心掛けている空洞淵であっても、彼女を異性として意識せざるを得なくなってしまう。

空洞淵霧瑚は、御巫綺翠という存在を素直に美しいと思う。それは、彼女の整った顔立ちのことだけではなく、立ち居振る舞い、考え方、信念など、すべてを引っくるめた上での結論だ。ある種の憧憬(しょうけい)にも似た感情。

こんなふうに真っ直ぐには、自分は生きられないと思うから――。

まだあどけなさすら残る、極めて端整な相貌に見とれて立ち尽くしていると、すぐに常ならぬ気配を感じたのか、綺翠はむくりと身体を起こした。

「……空洞淵くん？」

いつもの鋭利さは潜め、どこか夢現(ゆめうつつ)なぼんやりとした表情で空洞淵を認める。

「おはよう、綺翠。昼寝の邪魔をしてごめんね」

すると寝顔を見られた気まずさからか、わずかに頬を染めて綺翠はふらりと立ち上がった。

「……ごめんなさい、ちょっと手水場で顔を洗ってくるわ」

手水場を洗面所代わりに使うのは、巫女として如何なものかと思ったが、祭神すら知らずに居候をさせてもらっている空洞淵にどうこう言えるはずもないので、黙って綺翠の背中を見送る。勝手に座布団を敷いて、家主の帰りを待つ。

それから間もなく、いつもの凛とした佇まいと、この世のすべてに興味を失ったような無表情で、綺翠は戻ってきた。

綺翠は、まるで何事もなかったかのように硬質な声で告げた。

「——お帰りなさい、空洞淵くん。今日は早いのね」

「まあ、ね。最近忙しかったから、たまにはのんびりしようと思って」

空洞淵もいつもどおりに応じる。二人の中で、先ほどの一件はなかったことになった。

「時間があったから、今日はお土産を買ってきたんだ」

例の風呂敷を卓袱台の上で広げてみせる。

中にはきんつばが三つ綺麗に並べられていた。包みを開けた瞬間、何とも言えない芳(かん)ばしい香りが漂う。香気に誘われてか、綺翠の表情がわずかに和らいだ。

「あら、美味(おい)しいと評判のきんつばね。わざわざ買って来てくれたの？　ありがとう、嬉しいわ。でも、どういう風の吹き回し？」

何気なく聞かれただけなのに、一瞬言葉に詰まる。とても、あなたの神社にお供えされていたきんつばを食べてしまったのでそのお詫(わ)びです、などとは言えないので、曖昧に微笑んで有耶無耶(うやむや)にした。

ちょうどよいところで、穂澄が湯気の立ち上る湯飲みを三つお盆に載せて居間へ入ってきた。

卓袱台の上に広がる魅惑の和菓子を見て、穂澄は歓声を上げる。よほど話題のきんつばが嬉しかったらしい。足早に空洞淵と綺翠から卓袱台を挟んで等距離に離れた位置に腰を下ろす。上から見ると、三人で丁度正三角形を描いている形だ。

早速みんなできんつばに手を伸ばす。

「おいしーい！」

「あら本当。噂に違わぬ味ね。とても美味だわ」

御巫姉妹はそれぞれに感想を述べる。その様子から、二人ともこのきんつばを食べたのは初めてであることが窺えた。どうやら某鬼の童女は、お供えされていたきんつばを本気ですべて回収していたようである。何とも――恐いもの知らずだ。

口に広がる上品な甘みに舌鼓を打ちながら、そんなことを思う。決して甘すぎない餡と、生地の香ばしさが絶妙にマッチしている。相変わらず、とても美味しかった。

みんな早々に平らげ、今はゆっくりとお茶を啜っている。

無言ながら和やかな空気が満ちる。空洞淵が得も言われぬ幸せを噛み締めていると、不意に綺翠が口を開いた。

「――きんつばと言えば、神饌ね」

その言葉に、空洞淵の心臓が一度大きく跳ね上がる。お供えものをこっそりいただいていたことがバレているのかと焦るが、どうやらそういうわけでもないようで、誰に言うでもなく、ただ湯飲みの中で揺れる緑色の液体を眺めながら、彼女は続ける。

「神饌としてたまに供えられるのだけれども、でもそれはこのきんつばではないのよね」

言っている意味がわからない。そもそも、発言の論理が破綻しているように思える。ちらりと穂澄のほうを窺うが、彼女もまた空洞淵同様に理解できていないようだった。

「えっと、どういう意味？」

空洞淵が尋ねると、ようやく綺翠は視線を彼へと移した。

「空洞淵くんは、今川焼きを知っているかしら。大判焼き、あるいはお焼きとも言うのだけれども」

明らかに質問の答えとは異なる問いを返されるが、しばらく話の行く末を見守ろうと思い、黙って頷く。一週間ほどまえにも、金糸雀のところでお茶菓子として出された記憶がある。

「今川焼きはね、江戸時代、竜閑川という川に掛けられていた今川橋という橋の付近で売られ始めたことからその名が付いたと言われているわ。今川橋というのは、日本橋から中山道に通じる橋として、当時の人々から重宝されていたらしいわ。文字どおり、こちら側からあちら側へと橋渡ししていたということね」

綺翠の言葉に、とりあえず空洞淵は黙って頷いてみせる。

「だから、そんな名前を冠したお菓子である今川焼きは、神様との橋渡しをする神饌として最適なわけね。効果の程は定かではないけれど、験担ぎとしてこれほど優れた神饌もないわ。今川焼きは別名を大判焼きというけれども、大判というのは当時のお金のことだから、そういった意味でも縁起物でしょう？　何より、御巫神社の祭神は今川焼きが大好物だと有名だから、うちへのお供え物の定番にもなっているの」

そういえば、先日金糸雀がそのようなことを言っていたと思い出す。

「ただ、たまに勘違いをする人がいるのよね。この今川焼きだけれども、地域によって呼び方が変わることで有名でしょう？　大判焼き、小判焼き、二重焼き、回転焼き……本当に様々な呼び方があるのだけれども、その中で『きんつば』という呼称もあるの」

その言葉を聞いた瞬間、頭の中で何かがパチリと組み合わさった。

まさか――。

「だから稀に、御巫神社へ今川焼きを供えることを、きんつばを供える、と表現する人がいるの。もちろん、呼称が変わっただけで中身は同じだから、その人にとっては何も問題はないのだけれども……。でも、きんつばを供える、という部分だけ聞いた別の人がそのまま勘違いをして、所謂一般的なきんつばをお供えしてしまうことがあるの。当然、きんつばでは、験担ぎにもなっていなければ神様の好物でもない。つまり、あまり意味のないお供えものになってしまうわけね。もちろん、うちの神様はそれほど選り好みをするわけではないから、御利益には影響がないはずだけれども——供えた人が真相を知ってしまったら、その神饌を選んだ意味がないとわかって、何というか残念な気持ちになるのではないかしら」

一気にそう言うと、綺翠はずっと見つめていたお茶を口にした。どうやら、話はこれで終わりらしい。

おそらく本当に何気ない雑談のつもりで彼女は語ったのだと思うが……空洞淵は別のことで頭がいっぱいだった。

エクソシストに纏(まつ)わる一悶着(ひともんちゃく)があったあの日。

彼の知る限り、きんつばは二箇所に存在した。

御巫神社と、烏丸邸。

確か、槐が言っていた。職人が少数しか作れないためすぐに売り切れてしまう、と。

つまり、あの日二箇所にあったきんつば購入者は、同一人物である可能性が高い。

それが何を意味するのか。

逸(はや)る思考を必死に抑えながら、ゆっくりと段階的に思考を進めていく。

——ただの、きんつばですよ。

烏丸綸音の何気ないその言葉を思い出した瞬間、空洞淵はすべてを理解した。

恐らくきんつばを御巫神社へ供えたのは――烏丸綸音。

綸音は、姉を救いたいと常に考えていながら、誰に相談することもできず、たった一人で姉を救う方法を模索していたのだろう。

しかし、少女にできることなど、神に祈ることぐらいしかなかった。だから、自分の願いを叶(かな)えてほしくて、きっと頻繁に神饌を供えていたのだろう。

それが――きんつば。

きんつばが御巫神社の神饌によい、という話をどこかで聞いたのだろう。その話のきんつばが今川焼きを指しているとも気づかず、愚直にその言葉を信じて、必死に祈ったはずだ。その願いが神に届くと信じて。

そして、一週間まえ、いつものようにきんつばを購入してそれを神社へ供えたあとで――突然、自分の勘違いに気づいてしまったのだ。

偶然人が話していたことが耳に入ったのか、あるいは彼女の行為を目撃していた誰かが直接彼女に告げたのかは定かでないが……とにかく、自分の今までの行為がまったく無駄であったことを知り、絶望してしまった。

唯一頼れるはずだった神からさえも、見放されたような気持ちになったはずだ。

だから――あの日、偶然居合わせただけの空洞淵などに助けを求めたのだ。

もはや頼れるものが何もなくなり、どうすればよいのか何もわからなくなって――今まで必死で耐えてきた想いを、空洞淵にぶつけてしまったのだ。

しかし結果的に、そのおかげで騒動は収束した。誰にとっても都合のよい形で。

まるで、予定調和のように――。

偶然とは言い難い、あまりにも重なりすぎている幸運。

これもすべて、〈白銀の愚者〉が仕組んだことなのだろうか。

薄ら寒いものを感じながら、空洞淵は何の気なしに煎茶が入った湯飲みを見つめる。

茶柱が一本、空洞淵の複雑な心境などお構いなしというふうに、暢気に揺れていた。

錬金術師は賢者の石の夢を見るか？

I

秋雨の切れ間、久方ぶりに陰りのない月明かりが降り注ぐ心地よい夜。

御巫神社の裏手に二つの影が落ちている。

御巫神社の巫女御巫綺翠と、薬処伽藍堂店主代理、空洞淵霧瑚だ。

並んで濡れ縁に腰掛けながらも会話らしい会話を交わすことなく、ただぼんやりと天蓋に浮かぶ白銀の円板を眺めながら、盃を傾けていた。

涼やかにどこからともなく鳴り響く虫の声が心地よい調べを奏で、わずかに湿った風が森から馥郁とした緑の香気を運んでくる。冬の訪れが近いため、やや肌寒くはあったが、酒精により火照った身体にはちょうどよい。

「――いい風ね」

目を細めながら、綺翠は長い黒髪を片耳に掛ける。夜風に運ばれてふわりと鼻腔を刺激する綺翠の香りに、空洞淵は少しドキリとした。

「寒いようだったら何か羽織るものを取ってくるけど」

誤魔化すように尋ねるも、大丈夫、と素っ気なく返される。

またしばらく無言の時間が続いたあとで、それにしても、と綺翠は話を変えた。

「空洞淵くんのほうから晩酌のお誘いなんて珍しいわね。いつもは私が無理矢理付き合わせているのに」

「……たまにはいいかな、と思ってね。ここ最近はずっと雨模様だったし、このささやかな晴れ間に月見酒というのもおつなものかと」

言い訳がましく空洞淵は答えるが、彼自身、自分の気まぐれに驚いている。少なくとも普段の精神状態であれば、絶対に自分から女性を晩酌に誘ったりはしないはずだ。

神籠村から戻って以来、比較的頻繁にこの手の非論理的な欲求に悩まされている。これまでのように、理性的に自分を制御できないことも多い。

だが、不思議とそんな非合理な自分を楽しんでいる面もあり、なかなかどうして悪くない心持ちではあった。

そんな空洞淵の言葉にできない感情を察しているのかいないのか、綺翠は特に深入りする様子もなく、そうね、とだけ返してきた。

「春は桜、夏は星、秋は月に冬は雪――。四季折々で、お酒の楽しみ方は変わってくるもの。逆に言えば、この季節のこのお酒は今しか楽しめないということ。それを十全に満喫しようとは、空洞淵くんもだいぶわかってきたみたいね」

綺翠は上機嫌に、漆器の杯を傾けた。白すぎる喉元を月夜に晒すその姿は、空洞淵でさえ思わずはっとするほど美しい。これが神に仕える巫女の神秘性なのだろうか。

そのとき、パタパタと廊下を歩く足音が聞こえてきた。

「どうしたのー？　よかったら、仲人しようかー？」

にこにこ笑顔の穂澄が、丸盆を持って現れた。

「……そんな話はしてないよ」

空洞淵はやや呆れて否定する。この妹巫女はとかく空洞淵と綺翠を結婚させたがっているので、色々と油断ならない。

それは残念、と特に残念そうな素振りも見せないまま、穂澄は二人の間に筑前煮が入った小鉢を置く。

「わざわざ作ってきてくれたの？」綺翠は驚く。

「もちろん！」穂澄は得意げに胸を張った。「お姉ちゃんとお兄ちゃんがいい雰囲気だったからね！　それはもう全力で応援するよ！」

彼女なりの打算があったらしい。だが、実際肴があるのは大変ありがたいし、何より穂澄は〈極楽街〉でも名の知れた料理上手だ。

空洞淵が〈幽世〉へやって来て、早三ヶ月。今や彼女の作ったものならば、たとえ満腹であったとしても箸を付けずにはいられない身体になっていた。すでに引き返せない次元で胃袋を摑まれてしまっている。

簡単に釣られてしまう自分を苦々しく思いながらも、ありがとう、と礼を述べて、冷めないうちにいただくことにする。

素材を活かしたほのかな塩味と出汁の風味が大変美味であり、また酒がよく進みそうだ。

「それで、本当は何の話をしてたの？」

縁側に腰を下ろし、自分用に持ってきたお茶を啜りながら穂澄は尋ねる。

「空洞淵くんから晩酌に誘ってくるなんて珍しいわね、って話してたのよ」

「へえ！　そうだったんだ！」穂澄は妙に嬉しそうだ。「明日はお赤飯にしようかな！」

それはそれで楽しみではあったが、これ以上この手の話題を引き摺っても気まずいだけだったので、空洞淵は話を逸らす。

「実は明日お店を休もうと思っててね。それで普段より深酒をしても大丈夫だったから、綺翠にも声を掛けたんだ」

「あら、それは素敵ね」綺翠は口の端をわずかに緩めた。「でも、急にどうして？　空洞淵くん、私たちがたまには休みなさいって言っても、全然休まなかったのに」

空洞淵が店主代理を務める伽藍堂は、現状〈極楽街〉唯一の公的な医療機関だ。日々、街あるいは街の外から、相談者がやって来ていつもそれなりに忙しいため、これまでは休むに休めないでいた。

　元より空洞淵自身、この仕事を苦だと感じたことがなく、またそれほど体力を要するわけでもないため、特段休日を設けずとも問題がなかったという理由もある。ところが今回はその理由ができた。

「生薬の在庫が少し心許なくてね。寒くなって、本格的に風邪が流行り出すまえに在庫を増やしたいから、ちょっと採薬に行こうと思って」

「薬の在庫は、金糸雀に頼んでいるのではないの？」

　肩口から黒絹の髪を流し、綺翠は小首を傾げた。

〈国生みの賢者〉金糸雀は、ある程度のものであれば、かつて空洞淵が住んでいた〈現世〉から物品をこちらの世界へ持ってくることができる。そのため、しばらく金糸雀に生薬を融通してもらっていた。

　空洞淵は、ちょっとした切っ掛けから、〈伽藍堂〉で薬師をやることになったのだが、最初の頃は自分で採薬する余裕がなかったため、止むなく金糸雀に頼ってきた。

　しかし、ある程度薬処の仕事が軌道に乗ってきた今ならば、採薬も自分でどうにかしたいという欲が出てくる。金糸雀に融通してもらっていた生薬は、確かに品質は安定していたが、もの自体は、優、良、可で言うところの良程度の品ばかりだった。もちろん、それで問題はないのだが、できればより効果の高い生薬を使いたいと思うのは薬師として当然の欲求だ。それと同時に空洞淵は、〈幽世〉の森に、品質の高い生薬が自生していることにも気づいていた。

そこで、少し店が落ち着いたら採薬に出てみようと密かに画策していたのだ。時期的にも都合がいい。

空洞淵の説明に、綺翠は、なるほど、と呟き、また杯を空けた。

「空洞淵くんらしくていいと思うわ。個人的には、休みの日くらいはのんびりしてもらいたいところだけど……それもまたあなたらしいし。でも……困ったわね」

「何か問題が？」

「日中とはいえ、さすがに空洞淵くんを一人で森に行かせるのは不安だから、私も付いていきたいのだけど……明日はどうしても外せない予定が入ってるのよ」

綺翠は困ったように、頬に手を当てた。

自身は特に自覚もないのだが、どうやら空洞淵は怪異に好かれやすい体質らしい。森には今も様々な怪異が住み着いており、それが人に害を為さないとも限らない。おそらく綺翠は、そのことを心配しているのだろう。

「それじゃあ、私が一緒に行ってあげるよ」

筑前煮を摘まんでいた穂澄が提案した。

「いいのかい？　穂澄も色々忙しいのに……」

「全然大丈夫だよー」穂澄はにこにこしている。「薬草採るなら、人手は多いほうがいいし。それに、もしかしたらついでに松茸とか採れるかもだし！」

斯様に穂澄は、人の世話をすることに喜びを感じる類のお人好しなのである。

空洞淵は確認の意味も込めて、綺翠を見やる。

しばし考え込むように眉根を寄せていた綺翠だったが、手酌で注いだ杯をまた一息に空けてから、

「……まあ、穂澄と一緒なら大丈夫でしょう。日中、私の関係者が二人もいる状況で襲い掛かってくる馬鹿もいないでしょうし。それにあまり空洞淵くんを過保護にして束縛するのも悪いものね。ただ念のため、護符は多めに持って行きなさいね」

護符というのは、綺翠のお手製のお守りのようなものだ。あらゆる怪異から、所有者を守る効能を持った大変貴重な品である。

〈幽世〉でも有数の戦闘能力を持った綺翠と異なり、穂澄は巫女ではあるもののあくまでも普通の女の子に過ぎない。

空洞淵としても、不安がないわけではなかったが……綺翠が太鼓判を押したのであれば問題はないのだろう。

「……それじゃあ、穂澄、明日はよろしくね」

「うん！　頑張ってたくさん薬草見つけようね！」

そういうことになった。

2

翌日、予定どおり空洞淵は、穂澄とともに極楽街の南側に位置する森の中を歩いていた。天候は極めて良好。久しぶりの連続した晴天に、森の木々もその巨体を揺らして喜んでいるように見える。

極楽街は、四方を原生林に近い木々に囲まれているのだが、その方角によって驚くほど植生を変えている。どのような理屈かわからないが、本来この気候では育ちにくいはずの草花も自生しており、薬師にとっては夢のような環境だ。

早速空洞淵は、熱心に草木を掻（か）き分けて獣道を進みながら、目に付いた薬草を採取して背中の籐籠（とうかご）に放り込んでいく。

穂澄は文句の一つも言わずに、空洞淵の後ろをひょこひょこと付いてくる。

「そんなちょっと見ただけでわかるんだ。すごいねー」

興味深そうに視線を巡らせながら、穂澄は感心したように声を上げる。

「まあ、こういうのは慣れだからね」

子どもの頃、祖父に連れられて採薬のため山道を歩かされたことを思い出す。

あのときはただの苦行にしか思えなかったが、人生、どんな経験が役に立つかはわからないものだ。もっとも、祖父も空洞淵が異世界に行ったときのことを想定して、漢方のいろはを仕込んだわけではないのだろうけれども。

「見て見て！　綺麗な花があるよ！」

声を弾ませて穂澄は駆け出した。彼女が立ち止まった足下には、紫色の花弁が愛らしい、小さな植物が生えている。

「本当だ、綺麗だね」

空洞淵は彼女の元へ歩み寄り——唐突にその植物を根ごと引き抜いた。

「何やってるの⁉」

空洞淵の奇行に、穂澄は悲鳴を上げた。空洞淵は淡々と答える。

「いやあ、立派だなと思って、つい」

「立派だと思うと抜くんだ⁉」

「これはトリカブト。歴とした生薬だよ」空洞淵は丁寧に根に付いた泥を払いながら続ける。「毒があるからこのままじゃ使えないんだけどね。ちなみに危ないから素手で触らないほうがいいよ」

「お兄ちゃんは素手で鷲掴みしてるけど⁉」

「僕はまあ……特別な訓練を受けてるから」

「怖いよ！　お兄ちゃんを初めて怖いと思ったよ！」

　空洞淵の祖父も、恩師である小宮山も同じようなことをしていたので、そういうものだと思い込んできたが、冷静に考えると少々危険だったかもしれないと反省する。

　他の生薬に付かないよう和紙に包んでから、同じように籐籠にしまい、沢で手を洗う。

　改めて周囲を見回す。極楽街からまだそれほど離れていないはずなのに、驚くほど静かだ。街の喧噪は一切届かず、ただ清流と鳥と虫と、木々のさざめきだけが響いている。

　一度大きく深呼吸をしてみる。適度に水気を含んだ空気が、肺一杯に広がって大層心地よい。

　これが所謂、疑似科学で言うところの、フィトンチッドの効果なのだろうか。空洞淵自身は全く信じていなかったが、プラセボ効果にせよ、このささやかな幻想も悪くないと思う。

　ふとそのとき、焦げ臭い風が彼の元に届いた。

「あれ？　なんか焦げ臭い？」

　可愛らしい小さな鼻をひくつかせて、穂澄も言う。空洞淵の勘違いというわけでもなさそうだ。

　何かが燃えているような気配はないが、もしも火の手があるのなら大変だ。空洞淵は、穂澄と頷き合って、臭いのする風上へ向かって進んでいく。今のところ熱気のようなものは感じないので、火事の類ではなさそうだが……。

注意深く歩みを進めた先で、急に視界が開けた。

森の中にぽっかりと空いた空間に、一軒の家が建っている。

極楽街ではとても珍しい煉瓦造り。屋根に設えられた煙突からは、もうもうと灰色の煙が上がっている。どうやらあれが臭いの元のようだ。

まるで西洋のおとぎ話に登場するような、どこかファンシーな建物が突然現れて、空洞淵は面食らう。

「誰か住んでるっぽいね」

穂澄も知らなかったのか、意外そうに言った。

基本的にこの〈幽世〉という世界は、極楽街を中心に人々が生活している。極楽街の外にも当然人は住んでいるが、あまり街と接点を持ちたがらない人が多く、どこにどういう人が住んでいるのかは、ほとんど知られていないのだった。

心配していた火事などでもないようだし、あまり関わり合いにならないほうがいいかなと、引き返す決意を固め掛けたところで、突然重たそうな樫の扉が開かれた。

空洞淵たちが立ち尽くす中、居住者なのか眼鏡を掛けた女性が現れる。

一目見て、空洞淵は猫を想起した。

すらりとした長身の体軀(たいく)。均整の取れたしなやかな身体。眼鏡の奥に隠された吊(つ)り目がちの双眸(そうぼう)はタペタムのような不思議な輝きを宿し、おまけに癖毛なのか、両側頭部の髪が猫の耳のように跳ね上がっているのも、猫のような印象を加速させていた。

彫りの深い顔立ちからは、日本人ではないことが窺(うかが)える。ゆらゆらと揺れているポニーテイルがアッシュブロンドに輝いていることからもそれは明らかだ。ただ目元の濃い隈(くま)が、妙に疲れた印象を演出していて、どこか親近感が湧いた。

年齢は不詳。十代の少女にも見えるし、くたびれた白衣を違和感なく着こなしている姿は年上にも見える。

猫のような女性は、大きなあくびをしてから、紙煙草(たばこ)を咥(くわ)えて火を点(つ)ける。そして、スゥ、と細い紫煙を虚空(こくう)に吐いたところで、空洞淵たちの存在に気づいた。

八重歯の覗(のぞ)く口元に三日月のような歪(ゆが)んだ笑みを浮かべ、好奇心に双眸をギラつかせながら足早に歩み寄ってくる。

「やあやあ！　お客人とは珍しいこともあるものだ！　こんな街外れまでよく来たね！　別に私に用事があって来たわけではないだろうが、これも何かの縁だ。よかったらお茶でも飲んで行きなさい。なに、取って食ったりはしないさ。私は怪異ではないからね。極々普通の極めて一般的で何の才能もないただの凡人さ。怖がることはないよ」

早口かつ一息で言うものだから、空洞淵は圧倒されてしまう。穂澄も同じように目を丸くしている。

女性は火の点いた煙草を口の端に咥え直して、不敵な笑みを浮かべた。

「ふむ、どうやら警戒しているようだね。まあ、当然か。私だって、森の中でいきなりこんな人相の悪い怪しい女から茶の誘いを受けたら戸惑うだろう。そこでまずは簡単な自己紹介をさせていただこうか。

私の名は、アヴィケンナ・カリオストロ。神秘の探求者——ありていに言えば錬金術師さ」

3

通されたリビングルームには、コポコポ、という何かの液体が緩やかに沸騰する音が響いていた。

猫足の調度品で統一された室内には、至るところに動物のぬいぐるみや人形が飾られており、何ともメルヘンチックで少女趣味な装いだった。まるで『不思議の国のアリス』の世界に迷い込んだようだ。

しかし、それと同時に、テーブルの上には、アルコールランプやビーカーなどの実験器具や薬品の類が所狭しと並べられ、床の至るところに、分厚い本が堆く積まれていた。

乱雑の極致ともいえる散らかりようは、大学時代の研究室を思い出させる。

空洞淵と穂澄は、半ば強引に可愛らしいソファに座らされた。

「さて、お客人——キリコくんとホズミくんと言ったか。実は今、とびきりの品を用意している最中でね。特別にきみたちにもご馳走しよう」

室内に漂う懐かしさすら覚える芳香に、空洞淵は色めき立つ。

「まさかコーヒーを淹れてるんですか？」

すると、驚いたように吊り目がちの双眸を見開いてから、アヴィケンナは嬉しそうに早口で捲し立てる。

「コーヒーを知っているのか！　なるほど、近頃街に現れたという噂の薬師とはきみのことだな！　例の吸血鬼騒動を収めた切れ者とも伝え聞く！　突然現れたものだから、どこから来たのかと皆不思議がっていたが、〈現世人〉ならば納得がいく！　ならば、この世界ではコーヒーが飲めなくて困っていたのではないかな？　かくいう私も〈現世人〉でね！　十年ほどまえにこちらに迷い込んで、きみと同じ悩みを抱えていたのだ！しかし、幸いなことに私は転んでもただでは起きない錬金術師。長年の研究によって、ついに先日ようやくコーヒーの木の栽培に成功したのだ！」

情報量が多くて何と答えればいいのか迷うが、それより早く穂澄は首を傾げた。

「お兄ちゃん、〈こーひー〉ってなあに？」

そうか。この世界で生まれ育った穂澄はそもそもコーヒーを知らないのだ。

「コーヒーというのは、お茶の一種だよ。僕がいた世界では、どこでも飲める嗜好品だったんだけどね、こっちでは手に入らないから正直困ってたんだ」

「へえ、美味しいの？」

「美味しいよ。独特の風味があるから、好き嫌いは分かれるかもしれないけど」

「へえ！　楽しみ！」

穂澄は無邪気に声を上げる。アヴィケンナも微笑ましげに笑った。

「気に入ってもらえると嬉しいな。私の故郷の味さ。……うん、そろそろ頃合いだ」

アヴィケンナは、壁際の実験器具が並べられた机へ向かう。実験器具に見えたそれは、よく見るとサイフォンだった。先ほどから聞こえていた何かが沸騰する音の正体はこれのようだ。

手慣れた様子で、三つのマグカップに黒褐色の液体を注いでテーブルに戻ってくる。

「さあ、カリオストロ謹製コーヒーだ。よく味わって飲みたまえ」

数ヶ月ぶりのコーヒーだった。かつては毎日のように飲んでいたが、〈幽世〉に来てからはその機会も失われ、半ば諦めていたというのに――。

ほとんど感動すら覚えながら、いただきます、と小さく呟き、空洞淵は魅惑の液体に口を付ける。

久しく味わっていなかった苦み走った香気に、思わず口元が綻んでしまう。

燃えるように熱い液体を飲み下し、ほう、と息を吐く。

「――とても美味しいです」

「それは何よりだ」

アヴィケンナも嬉しそうに笑う。嗅ぎ慣れない香りのためか、カップを手にしたまま固まっていた穂澄だったが、空洞淵の反応を待ってから思い切ったように口を付けた。

そして顔をくしゃくしゃにして、

「……どろみず」

やっとの思いでそう絞り出した。さすがにいきなりのブラックコーヒーは穂澄には早かったらしい。アヴィケンナは笑いながら、

「泥水か！　それは失礼したね！　どれ、砂糖とミルクをたっぷり入れてあげよう」

上機嫌に八重歯を覗かせながら、錬金術師は穂澄のカップに砂糖とミルクを注いでやる。改めて恐る恐るカップに口を付けた穂澄は、ようやくそこで笑みを零す。

「甘くて美味しい！」

それはコーヒーの感想としては如何なものかと思ったが、当のアヴィケンナは嬉しそうだったので、空洞淵も気にしないことにする。

「ところで、きみたちはこんな街外れの森で何をしていたのだ？　散歩に来るようなと

ころでもないと思うが。……まさかデートか？　いや、恋愛は個人の自由だと思うが、その、ホズミくんは少々幼すぎるというか、〈現世〉ならば確実に犯罪というか……。そもきみは、〈破鬼の巫女〉とよい仲と聞いていたが、まさか妹にまで手を出しているとは、驚きを通り越して軽蔑する勢いだぞ」

「……色々と誤解です」

そういえば、まだ空洞淵たちの目的を話していなかった。げんなりしつつ、素直に答える。

「僕らは、森で薬草を採集していたんです」

「薬草を？」

猫のように目を丸くするアヴィケンナだったが、すぐに得心いったというように頷いた。

「ああ、なるほど。きみたちは仕事で来ていたんだね。確かにこの辺りには、薬になる植物が多く自生している。別に私の所有地というわけでもないし、好きに採っていくといい」

「ありがとうございます」久方ぶりのコーヒーを味わいながら空洞淵は尋ねる。「ええと、質問をしてもよろしいですか？」

「構わんよ」

「ええと、カリオストロさんも〈現世〉からいらしたというお話でしたが」

「うむ。無論、望んでやって来たわけではなく、偶然迷い込んでしまったのだがね」

過去を振り返るようにアヴィケンナは目を細める。彼女も月詠(つくよみ)によって、無理矢理〈幽世〉へ連れて来られてしまったのだろうか。今の話からだけでは判断がつかなかったが、その可能性は高そうだ。

「ちなみに、〈現世〉へ戻る方法を求めているのであれば、生憎(あいにく)と私では力になれない！　来たばかりの頃は、私もそればかりを求めていたがやがて不可能と悟り、今ではこうして骨を埋(うず)めるつもりでのんびり隠遁(いんとん)生活をしているほどだ！」

「そう、ですか」

少しだけ残念に思わないでもなかったが、ここでの生活にも慣れてきて、近頃は〈現世〉へ戻りたいともあまり考えなくなってしまっていたので、大きな影響はない。

それに自分がこの世界へ連れて来られたことには、きっと何らかの意味がある。だから、その意味を知るまでは、たとえ〈現世〉へ戻る手段を手に入れても戻らないつもりだった。

どこか不安げに見上げてくる穂澄の頭を軽く撫(な)でる。大丈夫だよ、と安心させるように。気持ちよさそうに目を細めてから、改めて穂澄は尋ねた。

「あの、さっき言ってた『れんきんじゅつし』って何ですか？」

待ってましたとばかりに、アヴィケンナは眼鏡のつるを両手で押し上げた。

「錬金術師というのは、神秘の探求者さ。この世界の仕組みを理解し、人間を神にも等しい完璧な存在へとシフトアップさせることを目論む――人の身でありながら神の領域に足を踏み入れようとする、ある種の背教者といったところか。多神教のきみたちには少々理解しがたいかもしれないがね」

自ら淹れたコーヒーを一口啜って、アヴィケンナは続ける。

「簡単に言うとだね、この世には完全なものと不完全なものが存在すると考える。金属で言えば、金が完全なもの、それ以外の鉛や鉄が不完全なもの、というようにね。しかし、この世界の仕組みを完全に理解すれば、不完全なものを補って、完全なものへと変化させることができるかもしれない。不完全な金属である鉛を、完全な金属である金に変えられる――そんな果てのない夢を追い求めるのが錬金術師という存在さ」

にわか知識でしかなかったが、空洞淵も錬金術師という存在くらいは知っている。しかし、それゆえに疑問が湧く。

「ですが、近代化学において錬金術の思想は完全に否定されています。あなたが〈幽世〉にやって来たのは、十年まえなのですよね？　文化の違いはあれど、化学的素養は僕と違わないはずなのに……何故、今さら錬金術を信奉しているのですか？」

十八世紀、ラボアジエによる『質量保存の法則』発見以降、徐々に錬金術は下火になっていった。それは、この世の物質に完全も不完全もなく、あらゆる物質は原子と呼ばれる基本構成粒子からできていることが、少しずつわかってきたからだ。そして、アインシュタインによる『ブラウン運動』の発見により、原子論が決定的なものとなり、以降、錬金術は完全に否定された。

つまり通常の化学反応では、ある原子を別の原子に変えることは不可能であると断じられたのだ。

もちろん、その後核化学の発展により、核分裂あるいは核融合を用いれば原子を別の原子に作り替えられることがわかったが、エネルギー収支の観点から見れば、無駄以外の何ものでもなかった。これは言い換えるならば、百円玉を百万円で買うようなものであり、まったく現実的ではないのだ。

要するに、錬金術師が夢見たものは、結局ただの夢物語でしかないと、〈現代〉に生きている人間ならば誰もが知っていることのはずなのに——。

「ようするに——錬金術師とは在り方なのだよ」

あくまでも余裕を見せて、アヴィケンナは長い足を組んだ。

「あるいは、〈生き様〉と言い換えてもいい。人生と一緒さ。人はいつか必ず死ぬ。つまり〈生きる〉という結果、〈死ぬ〉わけだね。ならば、誰しも最終的に死ぬならば、生きることは無意味だろうか？　無論、違う。人にはそれぞれ異なる死に至る生があり、おしなべて掛け替えのない価値がある。結果ではなく、それに至る過程に価値があるということさ」

つまり、化学的に否定されていようが、その事実よりもそれを目指す〈在り方〉のほうが大切だということか。

哲学じみた問答だが、アヴィケンナは穏やかな笑みを湛えたまま続ける。

「確かに私は、〈現世〉にいた頃は、ただの化学者だった。これでも十五でプリンストンを出た秀才として名を馳せていたものさ。しかしその実、私の化学に対する興味の根源は、錬金術にあるのだ。きみは、『ハリー・ポッター』を知っているかな？」

ハリー・ポッター。それは、イギリスの作家J・K・ローリングが生み出した世界一有名な魔法使いの名前にして、同人が活躍する一連のシリーズ作品のタイトルでもある。

「名前は知っていますが、読んだことはありません」空洞淵は正直に答える。「あれは魔法使いの話ではないのですか？」

「魔法使いの話だよ。しかし、第一作のタイトルは『ハリー・ポッターと賢者の石』だ。錬金術は、魔法と化学を繋ぐ学問なのだ。もっとも、作中では錬金術に関する言及はほとんどなかったがね」

〈賢者の石〉といえば、錬金術の代名詞的存在だったことを思い出す。

作品に触れたことのない空洞淵には何とも言えなかったが、少なくとも錬金術が魔法と化学を繋ぐ学問であるという主張には概ね賛成だった。

「私が最も興味を引かれたのが、その〈賢者の石〉でね。卑金属を金に変えることができ、さらには〈命の水〉あるいは〈エリキサ〉と呼ばれる延命効果のある霊薬を作ることもできる完全な物質なんて、実在したら最高ではないか。子どもながらに〈賢者の石〉を夢見て、錬金術師になることを目指したものさ。しかし、学べば学ぶほど、錬金術がただのオカルトの絵空事に過ぎないとわかり、止むなく化学者として歩み始めたのだが……。そんな折、突然この世界に連れて来られてしまってね。色々と話を聞くうちに、どうやらこの世界では、神秘が肯定されているらしいではないか。ならば僥倖と、私は本来の夢を実現するために、錬金術師として生きることにしたのだ」

「つまり、神秘が実在するこの世界ならば、〈賢者の石〉を生み出すことができる、と考えたわけですか」

「まさしく」

取り澄ましたように、アヴィケンナは再びコーヒーを一口啜った。

「無論、〈賢者の石〉だけではなく、この世界の仕組み、とりわけ〈幽世〉という世界の真理についても研究を進めている。色々と面白いことがわかっているので、機会があったらきみにも教えてあげよう」

この世界の仕組み――それは空洞淵としても気になるところだったが、穂澄もいるこの場では、あまり相応しい話題ではないように思えたので、深くは訊ねなかった。

もっとも、当の穂澄は途中で理解を諦めたようで、今ではテーブルに置かれていたビスケットと甘いカフェオレに舌鼓を打っていた。洋菓子の類は、あまり街にも出回っていないので珍しいのだろう。

……穂澄が興味を失っているのであれば、もう少し突っ込んだ質問をしても大丈夫だろうか。

「錬金術の研究というのは、具体的にどのようなことをしているのですか？」

「いい質問だ」

アヴィケンナは、口の端に咥えていた煙草を揉み消し、再びコーヒーを一口啜った。

「錬金術では、この世界のあらゆるものは、三つの物質からできていると考える。水銀と硫黄と塩だ。キリコくんにしてみれば、与太話にしか聞こえないかもしれないが、ひとまずはそういうものだと理解してほしい。この理論を確立したのが、かの高名なパラケルススだ。さらにパラケルススは、この三原質説を人間にも適用し、人間は霊魂、精神、肉体の三要素から構成されると考えたんだ。医化学の祖とも呼ばれているパラケルススは、どうも一般的な黄金錬成には興味がなかったようだね。この理論を確立して以降、金属よりも人間にご執心だったらしく、その後も研究を進め、この三要素の構成バランスが崩れることが疾病の原因となると考え始めた。ここから、彼の錬金術は医術方面に特化することになるのだが、彼はこの疾病の原因となる霊魂、精神、肉体のバランスを整える薬――アルカナを生み出すことで、錬金術的に疾病の治療ができるようになると考えた」

「――東洋医学の思想に通じるものがありますね」思わずそんな言葉が口を衝いて出る。

「東洋医学にも陰陽五行説という基本理念がありまして、人間の臓器や機能を、自然を構成する要素、木火土金水と陰陽に当てはめて、相対的にこのバランスが崩れることによって疾病が生じる、と考えるんです。このバランスを是正するのが僕の扱う漢方薬ですね。『病を治すのではなく、人を治す』という理念は、通じるものがあります」

「へえ！　それは興味深いな！」

吊り目がちの双眸を好奇心に輝かせながらアヴィケンナは身を乗り出す。

「東洋の陰陽五行説には予てから興味があったんだ。錬金術にも四大元素理論というものがあるからね。ただ、それを知る機会も文献もなかったから今まで諦めてたんだ。よかったら今度そのあたりの話も詳しく聞かせてくれないか？」

「もちろん、喜んで。まあ専門と言えるほどでもないので、あまり詳しい話はできないかもしれませんが……」

「そうか、助かる！　では、話を戻そう」

上機嫌に、錬金術師は語り続ける。

「霊魂、精神、肉体のバランスを整える薬、アルカナ。私はこれを先ほど話題にした〈賢者の石〉、あるいは〈命の水〉と同一のものであると考えている。私の主要な研究テーマはこれだね。つまり、黄金錬成などよりも医療面での効能を追い求めているわけだ。実は、街に一人だけ患者を受け持っていてね。特に今はその子の治療が最優先課題さ」

「治療？」

意外な言葉に姿勢を正した。

空洞淵が店主代理をしている〈伽藍堂〉は、事実上〈幽世〉唯一の公的な医療機関だが、実際問題、空洞淵一人で広大な街全体の医療を担うことは不可能だった。そのため今でもちょっとした病気や怪我などの場合、多くは個人の民間療法により対応がなされているのが現状だった。

それは現代社会における医療の状況と大差ないとも言えるが、〈幽世〉でどのような民間療法が行われているのかを把握できていないので、どうしても一抹の不安は残ってしまう。

たとえばそれが、おまじない程度のものであれば、空洞淵も心配はないのだが、稀にむしろ逆効果ですらある民間療法なども存在するため油断はできない。

そのような理由により、以前からこの世界の民間療法には興味を持っていた。

「ああ、別にきみの患者を奪っているとか、人体実験をしているとか、そういった話ではないので、安心してほしい」

慌(あわ)てたように、アヴィケンナは付け加える。

「元は人に依頼されたことなのだがね。天涯孤独の身の上の可哀想(かわいそう)な娘なので、その世話をしている、というほうが正確だが……ふむ、そうだ！」

不意に何かを思いついたように指を鳴らした。

「実は、これからその患者のところへ行こうと思っていたのだ。よかったらきみらも同行しないかね？　薬師のきみの意見を是非聞きたい！」

「これから、ですか？」

アヴィケンナの提案に戸惑う空洞淵。その提案は願ったり叶(かな)ったりで、薬師としても大変気になるところではあるのだが……今は穂澄もいるし、目的の採薬もまだ途中だった。どうしたものかと考え倦(あぐ)ねていたが――。

「ねえ、お兄ちゃん。一緒に行ってあげようよ」意外なことに穂澄は賛成のようだった。「具合が悪い子がいるなら心配だもん。薬草集めなら、また別の日にも付き合うし」

確かに採薬ならばいつでもできる。自分の患者ではないにせよ、病人がいるのであれば、そちらを優先するのが道理だ。

穂澄の優しさに、救われた。

空洞淵はありがとう、と小声で穂澄に告げてから、

「――それでは、ご一緒させていただきます」

「うむ！　そう来なくてはな！」

楽しげにソファから立ち上がったところで、アヴィケンナはぴたりと動きを止める。

そして、意味深な視線を空洞淵たちに向けて告げた。

「そうだ。そのまえに、きみたちに見せておこうか」

アヴィケンナは、おもむろに白衣のポケットから白い布を取り出す。何かが包み込まれているようだ。そっとテーブルの上に置き、慎重な手つきで布を広げていく。

どこか緊迫感のある動作。空洞淵は無意識に一度息を呑んだ。

布が完全に広げられる。中に包まれていたものを見て、眉を顰める。

――それは、奇妙な石だった。

石というよりは鉱石に近い。火山地帯などに転がっているような未加工の鉱石、というのが第一印象だ。

ざらついてごつごつした漆黒の表面には、深紅の線が無数に走っている。

まるで血管のように、縦横無尽に貼りついた、鮮血の朱。石自体に血液が流れ、生きているかのような錯覚に囚われるほど、それは鮮やかな色彩だった。

アヴィケンナは、その石を愛おしげに眺めながら、恍惚の声で告げた。

「これが、錬金術師の悲願――〈賢者の石〉だ」

4

鬱蒼と木々の生い茂る森を抜けて、三人は街の領域へと足を踏み入れた。

周囲には少しずつ人の姿が増えていく。しかし、ただ並んで歩いているだけであるにもかかわらず、どういうわけか通りすがる人が皆一様に、驚いたような怯えたような顔を向けてくるので、何とも居心地が悪かった。

もっとも、それも致し方ない、という気持ちにもなる。

長身で日本人離れした顔立ちの錬金術師、その隣には近頃何かと街で話題の新参薬師、さらには極楽街中でマスコット的な扱いを受けている天然愛され妹巫女という珍妙な三人組だ。これで衆目を集めないほうがおかしい。

おまけに、人目を引く眼鏡の錬金術師――アヴィケンナは、こんな往来であるというのにはばかりなく大声で話した。

「ところで、この世のすべての物質が、水銀、硫黄、塩の三要素から構成されているのだから、当然〈賢者の石〉もまたその三つにより構成されていることになる。といっても、塩に関してはほとんど繋ぎのような役割しか持たないので、実質的には水銀と硫黄の二つだな。長年の研究により、見事〈賢者の石〉の錬成に成功した私だが、医療面への応用についてはまだ課題が多く残されていてね、たとえば――」

休みなく早口で捲し立てる錬金術師に、空洞淵は、はあ、という気のない相づちばかり返す。正直、周囲の視線が気になって内容に集中できない。ちなみに穂澄はというと、すでにアヴィケンナの言葉の理解は放棄したように、ただにこにこ笑顔で頷くばかりだった。

相性がいいのか悪いのかよくわからない三人組である。

「――さて、ここだよ」

数多の注目と関心を集めながら歩みを進め、アヴィケンナはとある小さな民家のまえで足を止めた。先ほどまでの大声が嘘のような落ち着いたトーンだった。

あばら家というほどではなかったが、随分と古く、そして小さな家屋だ。ちょっとした商家の物置のほうが、まだ立派かもしれない。

錬金術師は、お邪魔するよ、と控えめに声を掛けてから、立て付けの悪い引き戸を開いて中へと進入していく。空洞淵たちも戸惑いながらその背中を追う。

狭い三和土に何とか三人分の履き物を並べて、上がり込む。

襖を一枚開いた先――四畳半ほどの狭い室内で、少女は眠っていた。

青白さを通り越してくすんだ土気色をした小さな顔が、所々傷んだ掛け布団から覗いている。痩(や)せこけた頬に落ち窪(くぼ)んだ眼窩(がんか)。そして、薄い唇から微(かす)かに零れる、細く浅い寝息。空洞淵は、その姿からまるで生気というものを感じ取れなかった。直感的に、もう少女が長くないのだと悟る。

　こんな状態なのに、苦しむ様子もなくどこか穏やかな表情で眠る少女をこれ以上見ていられなくて、空洞淵は視線を外して部屋の中を見回す。

　年若い少女の住居とは思えないほど殺風景で、室内にはほとんど何もない。ただ枕元(まくらもと)に、丸盆と茶渋の染(し)み付いた湯飲みが置かれているだけである。この部屋には布団と湯飲み以外、必要最低限の生活用品すら揃(そろ)っていない。それゆえに、ただ中央に敷かれた布団が、狂おしいまでの寂寥(せきりょう)感を醸し出していた。

「――ミコト、というのがこの娘の名だ。元々身体が弱かったんだが、一年ほどまえにご両親が相次いで亡(な)くなってね。その影響で持病が悪化して、こうして伏せっているのだが……」

　アヴィケンナは、空洞淵に意味深な視線を向ける。暗に語るその灰色の瞳(ひとみ)は――否応(いやおう)なく、空洞淵の抱いた直感を肯定していた。ここまでになると、もはや空洞淵の漢方では太刀(たち)打(う)ちできない。

　漢方は基本的に、西洋医学と異なり、足りないものを補うなどして服用者自身の回復活性を高め、それにより治癒を促す言わば補助的な療法である。先ほどカリオストロ邸で、「病を治すのではなく、人を治す」と言ったのはこのためだ。

　そのため薬による副作用も少なく、所謂、西洋医学の治療に耐えられない人にも適応できる可能性があるのだが……。反面、元々備わっている回復力さえも失ってしまったような末期症状では、ほとんど役に立たない。

　空洞淵は歯嚙みして、布団の上に横たわる少女に再び視線を向ける。

　アヴィケンナは枕元に跪き、額に貼り付いた少女の前髪をそっと払い、整える。すると、気配を感じ取ったのか、ゆっくりと少女は双眸を開いた。

「――アヴィケンナさん。いらしていたのですね……。すみません、こんな格好で……」

　蚊の鳴くような声で少女――ミコトは呟く。アヴィケンナは、少女を安心させるように優しい声色で言った。

「なに、気にしないでくれ。それに今日も可愛いから何も問題はない。……昨日よりもずっと顔色がいいね。調子はどうだい？」

「……ええ、随分と楽です。アヴィケンナさんのお薬のおかげですね……あら……？」

　ミコトは、アヴィケンナの後ろに控える空洞淵と穂澄に気づいたようだ。

「……お客様ですか？　すみません、何のお構いもできず……」

「ああ、それも気にしないでいい。この二人は、私の友人だ。きみの話し相手にと思って連れてきたんだ。寝ているばかりでは、気持ちも沈むだろう。こちらの人畜無害そうな男は薬師の空洞淵先生。それから、そちらの可愛らしいお嬢さんは御巫穂澄嬢。御巫神社の巫女だ。特にホズミくんは、歳も近いからよき話し相手になるだろう。——それじゃあ、私は早速薬の調合に移るから、後は三人で適当にやっててくれ」

アヴィケンナは、一息にそう言うと、持ってきた布袋の中から乳鉢などを取り出し始めた。

一方的に状況を設定され困惑する空洞淵たちだったが、気にした様子もなくアヴィケンナは、ちらりと目配せをする。喋れ、という合図なのだろう。仕方なく、空洞淵は軽く頭を下げた。

「——伽藍堂という薬処をやっている空洞淵霧瑚といいます。初めまして」

空洞淵に続いて、穂澄もにっこりと微笑んで上品に小首を傾げる。

「穂澄だよ、よろしくね！」

ミコトは、しばらく不思議なものでも見るような表情で空洞淵と穂澄を眺めていたが、釣られたように微笑む。

「……空洞淵先生と、穂澄ちゃんですね。沢南ミコトです。いらしてくださって、とても嬉しいです」

「こちらこそ。これからよろしくね」安心させるように空洞淵も口元を緩める。「よかったら、少し身体の具合を診せてもらっても構わないかな？」

「あ、はい。構いませんけど……どうすればいいですか？」

「そのままでいいよ。手だけちょっと出してもらえるかな」

言われるままに左手を差し出すミコト。空洞淵は、その触れただけで折れてしまいそうなほど痩せ細った腕を優しく取り、脈診を始める。

脈は極めて弱く乱れていた。空洞淵は目を瞑り、意識を集中させる。

その間、歳の近い穂澄とミコトは早くも和気藹々と話をしている。

「私、十五歳だけど、ミコトちゃんはいくつ？」

「私は十四です。穂澄ちゃんのほうがお姉さんですね」

「一つ違いかあ。私にもね、お姉ちゃんがいるの。とっても可愛いんだよ！」

「神社の巫女様ですよね。もちろん知ってますよ。だって、街の女の子たちの憧れですもの。あ、穂澄ちゃんもとっても可愛いですよ」

「私は、普通だよー。ミコトちゃんのほうが絶対可愛いって」

「ふふっ、お世辞でも嬉しいです」

「お世辞じゃないよう。そうだ！　今度、一緒にお買い物に行こうよ！　ミコトちゃんが可愛い服着てるところ見てみたいな！」

「い、いえ、私はそんな……」

「それは素晴らしい！」

　ふわふわとした、綿菓子のように甘い少女たちの会話に、アヴィケンナは乳鉢でゴリゴリと何かをすり潰す手を止めて割り込んだ。

「それならば、二人とも私の家に来るといい。こう見えて私は、可愛いものが大好きでね。趣味で自分でも色々と作るのだが、可愛い洋服も沢山あるぞ。さすがに自分で着るわけにもいかないから、これまでは飾っておくしかなかったのだが……きみたちが着てくれるのであれば、是が非でもその姿を網膜に焼きつけたい！」

「どうして自分では着ないの？」穂澄は小首を傾げた。

「私は可愛い服が好きなのではなく、可愛い服を着ている可愛い女の子が好きなのだっ！」

　胸を張ってアヴィケンナは断言する。

　果たしてそれはどれだけ人に誇れることなのだろうか、などと意識の片隅でぼんやりと思いながら、空洞淵はミコトの反対の手を取り、脈診を続ける。アヴィケンナも言いたいことだけ言うと、また作業に戻った。

　穂澄は嬉しそうに、脈診の終わったミコトの左手を取る。

「それじゃあ、約束だからね！　ミコトちゃんが元気になったら、一緒にアヴィケンナさんのお家に遊びに行こう！」

　あまりにも純朴な微笑みに、戸惑った様子のミコトだったが、やがて小さく微笑んだ。

「やく、そく……。……はい、そうですね。私と――穂澄ちゃんとのお約束です」

　無邪気に笑って、穂澄は小指を差し出す。どこか怖(お)ず怖(お)ずと、ミコトはそっと小指を絡(から)めた。

「――っ」

　あまりにも無垢(むく)すぎるその儀式は、空洞淵のような人間には、ある種の残酷ささえ伴って見えた。特に病に伏せるこの少女の未来を想(おも)うと……。もちろん、何を想ったところで表情には一切出さない。感情を極力排して、自分の仕事を全うする。

　やはり初めの印象どおり、絶望的なまでに弱り切っていた。もはや生きていられるのが不思議なくらいだ。本当にもう、長くはない。最悪明日にでも……。

　しかし、それでもミコトの様子は、どこか穏やかだった。既に己(おの)が人生を見切っているのか、あるいは、アヴィケンナを信用し、希望を託しているのか。

　今日初めて会った空洞淵にはわからない。わからないが――極力、ミコトの意思を汲(く)んでやろう、とだけは思った。

　指切りが終わった頃合いを見計らって、空洞淵はそっと枯れ木のような腕を布団の中へと戻してやる。心なしか不安げな様子のミコトに、空洞淵は極力笑顔で語り掛ける。

「いつも、カリオストロさんの薬を飲んでるのかな？」

「……はい。アヴィケンナさんのお薬は、とても効きます。以前まで身体中痛かったのに、今はとても楽なんです」

「――そう。大分調子もいいみたいだね。僕が出る幕はなさそうだ」

　わざとらしく戯けて肩を竦めてみせると、ミコトは口元に手を当ててくすくすと楽しそうに笑った。

「空洞淵先生って、不思議な方ですね」

「……そうかな？」

「ええ、不思議です。だって、薬師の空洞淵先生にとって、アヴィケンナさんは商売敵みたいなものでしょう？　それなのにすごくあっさりしてるし、お二人の仲も全然険悪じゃないです」

「ああ、そんなことか」空洞淵は苦笑した。「医療というのは商売じゃなくて、ある種の奉仕みたいなものだから、同業者に対して何かを思うことは基本的にないんだ。極論を言ってしまえば、健康でなかった誰かが健康になった、という結果さえあればそれでいい。誰がそれをやったか、なんてそれこそまったく関係ない。きみがカリオストロさんの治療で救われているのならば、僕はその事実だけで嬉しいよ。たとえ僕は何もしていなかったとしても、ね」

　それは紛れもない本心だった。

究極的にはただそれだけ。健康にさえなればよく、過程は関係ない。もちろん空洞淵が薬を処方する場合は、治療過程も重要視するが――それはまた別の話。

不思議そうに空洞淵の話を聞いていたミコトだったが、どうにかその意味を理解したのかとても満足そうに口元を綻ばせた。

「私は――アヴィケンナさんが大好きです」

「それは光栄だ」

アヴィケンナが会話に入ってきた。どうやら調合を終えたようだ。

空洞淵は身体をずらして、枕元をアヴィケンナに譲る。

アヴィケンナはミコトの側に腰を下ろし、白衣のポケットから白い布包みを取り出した。丁寧に布を広げて、例の赤黒い鉱石――〈賢者の石〉をミコトにも見えるようにそっと枕元に置いた。

そして、どこか荘厳な調子で、唄を歌うようにゆっくりと、言葉を紡ぐ。

「いつものように〈賢者の石〉を少量削って粉末にした薬だ。何せこいつは、錬金術師の叡智の結晶だからね。効かないはずがない。そう、効かないはずがないんだ。だから、きみもすぐに元気になる。元気になったらホズミくんと一緒に、私の作った可愛い服を着て街を練り歩くんだ。二人ともとても可愛いから注目の的だぞ。だから――早く私にその元気な姿を見せておくれ」

それは、夢を語る少女のような、あまりにも清廉(せいれん)で純真な願いだった。

いくら手を伸ばしても、決して届くことのない——淡い希望。

ミコトは目を閉じて、聞き入るように耳を傾けていた。

二人だけの閉じられた世界。錬金術を司(つかさど)る円環のように、完璧で理想的な幻想。

空洞淵も穂澄も何も言わない。本能的に、踏み入っていい場所ではないということがわかったから。

アヴィケンナは、優しくミコトの頭を撫でた後、〈賢者の石〉を再び白い布にくるみ、ポケットへ戻した。

乳鉢の中には、〈賢者の石〉に似た、褐色の粉末が見て取れた。

ぼんやりとその様子を眺めながら、空洞淵は妙な違和感を覚える。

何かが、引っ掛かる。

そのとき、アヴィケンナと視線が交わった。

錬金術師は、その灰色の双眸にどこか意味深な光を灯(とも)していた。

何か、と問い質(ただ)そうとするが、しかしすぐに先ほどまでと同じ自信に満ちた表情に戻ると、彼女は乳鉢の粉末を一匙(ひとさじ)ずつ薬包紙に包み始めた。空洞淵は質問を止めて、それを手伝う。包み終わったところで、枕元に一つずつ丁寧に並べていく。

「それじゃあ、いつもどおり、つらいときに一包ずつ飲むように。一日三回の上限を忘れないようにな」

「はい、ありがとうございます」

ミコトは嬉しそうに頷くと、小さく欠伸をした。アヴィケンナは再びその小さな頭をくしゃりと撫で、おもむろに立ち上がった。

「――それでは、我々はこれで失礼するよ。きみも人と話して少し疲れただろう。そろそろ眠ったほうがいい」

「ふぁ……その、すみません……」

恥ずかしげに頰を染めるミコト。空洞淵は、穂澄と視線を合わせて、立ち上がる。

「あの……今日は本当に楽しかったです」残念さを滲ませるようにミコトは言った。

「またいつでもいらしてください。アヴィケンナさんも、ありがとうございました」

「ふふっ、気にするな。ほら、もうお休み」

アヴィケンナはそっと少女の双眸を閉じさせる。すぐに少女は眠りに就いてしまった。

音を立てないように、家を出た。

ゆったりとした足取りで、三人並んで歩く。少しだけ気分が重い。きっと気掛かりがあるからだ。

「かつて〈現世〉にいた頃、私には妹がいてね」

懐かしむように視線を遠くへ向け、アヴィケンナは独り言のように呟く。

「とても可愛く聡明で、私は溺愛していたのだが、身体が弱く、幼くして命を落としてしまった……。ミコトには、そんなふうになってほしくないと、切に願っている」

もしかしたらアヴィケンナは、ミコトに亡き妹の影を重ねているのかもしれない。

「ミコトさんのお世話をしているのは、カリオストロさんだけなんですか？」

「いや、むしろ近所の人たちが中心となって、彼女の世話を焼いてくれている。私などたまに訪れて数分話をするだけだというのに……本当にありがたいことだ」

「いつ頃からミコトさんを診るようになったんですか？」

「そうだなぁ……もう四ヶ月ほどまえかな。最初は知り合いが、しばらく留守にするとかで彼女の面倒を見られなくなる、というのでその代わりを引き受けたのだ。医療には明るくないから、当初はただたまに様子を見て少し話す程度だったのだが……。一週間まえ、遂に念願の〈賢者の石〉の錬成に成功してね。せっかくの〈賢者の石〉だ。世のため人のために使うのが正しい錬金術師というものだろう？　だから、〈賢者の石〉で薬を作って、彼女に与えることにしたんだ。最初は、全身激痛に苛まれていたらしいが、今は薬のおかげで、だいぶ落ち着いているようだ」

「へぇ……。錬金術師というのは、すごいのですね」

空洞淵は素直に感心する。極楽街は広いので、空洞淵がミコトのことを知らなかったのも無理はないのだが、よしんば知っていたとしても、漢方ではどうしようもない。それほどまでに、彼女は末期だった。そういった意味でも、奇跡を再現できる錬金術はすごいと思った。

だが――。

「――それだけか？」

「……え？」

不意にアヴィケンナが立ち止まってそう言った。空洞淵も思わず足を止め、彼女を見やる。

〈幽世〉の錬金術師は、固い表情で空洞淵を見つめてくる。とても真剣で、切羽詰まったように揺れる瞳。あるいは失望にも似た色を湛える双眸に、空洞淵はたじろいでしまう。

穂澄も突然黙り込んで立ち止まる二人に戸惑っている。

永遠とも思える一瞬の後、アヴィケンナはふっと口元を緩めた。

「いやなに、薬師のきみならばもっと褒めてくれるものかと思ってね。こう見えて、褒められて伸びるタイプなのでな！　私の承認欲求を満たすためにも、もう少し過剰に反応してくれると嬉しいぞ！」

そんなことを言われても、生まれつきあまり物事に動じないタイプなのだから仕方がない。

それからアヴィケンナは、白衣のポケットから取り出した煙草を咥えて、火を点けながら尋ねる。

「ところできみたちは、これからどうする？　私はもうこのまま研究所に帰るが……一緒にまた薬草の採取に戻るかい？」

そういえば当初の目的はそれだった、と今さらながらに思い出す。少々想定外のことに時間を取られすぎた。今から戻って採薬を再開するには、時間が少々心許ない。どうせなら、この中途半端に余ってしまった時間を有効活用しよう。

今日は止めておきます、と答えてから穂澄に向き直る。

「せっかくだし、僕はこれから金糸雀のところに顔を出していこうと思うけど……穂澄はどうする？」

「金糸雀のところへ行くの？　私も行くぅ！」

満面の笑みで彼女は飛び付いてくる。よほど嬉しいらしい。

空洞淵はチェシャ猫のような嫌らしい笑みを浮かべて二人を眺めていたアヴィケンナへと視線を戻す。

「ではまた後日、採薬に行きます。その折にはよろしくお願いしますね」

「ああ、気が向いたらその帰りにでもまた研究所のほうへ寄ってくれたまえ。コーヒーならばいつでもご馳走しよう」

紫煙を吐き、彼女は振り返って歩き出す。

「それじゃあ、賢者様によろしく言っといてくれ」

振り返ることなく無造作に手を振りながら、錬金術師はゆっくりとした歩調で歩き去って行った。

アッシュブロンドのポニーテイルが右へ左へと揺れるその後ろ姿は、何故か少し悲しげに見えた。

5

「きゃー！　金糸雀久しぶりー！」

部屋に入るや否(いな)や、穂澄は畳を駆けて〈国生みの賢者〉に飛び付いた。

勢い余って、穂澄を抱き留めたまま床に倒れ込む金糸雀だったが、その顔は慈愛に満ちている。空洞淵は、軽く微笑みかけてから賢者の座敷へ足を踏み入れる。

ここまで二人を導いてきた深紅の髪の侍女、紅葉(もみじ)は、表情一つ変えないまま、

「――それではどうぞごゆっくり。ご用の際はいつでもお申し付けください」

と、早々に去って行く。あまりにも愛想のない様子に、ひょっとしたら疎(うと)まれているのだろうかとも思ってしまうが、いつもどおりの光景なので空洞淵も気にしない。

「やあ、金糸雀。元気そうでよかったよ。突然お邪魔して悪かったね」

三つ眼の賢者は金砂のような髪を肩口に流しながら、小首を傾げて応じる。

「お二人が今日この時間にいらしてくださることは、わたくし、予め存じ上げておりました。どうかお気になさらないでください。――穂澄も、主さまも、ようこそいらっしゃいました。お茶の準備も整っておりますので、どうかご自分の家と思い、おくつろぎを」

金色の賢者の前では、あらゆる偶然が必然へと昇華する。空洞淵は、苦笑を浮かべながら、言われるままに既に座布団の敷かれているいつもの定位置――金糸雀の真正面に腰を下ろした。

八百比丘尼にして、この〈幽世〉を生み出した怪異――金糸雀。

一見すると穂澄と同い年くらいの少女のようだが、その実、八百年以上の長きを生きている、〈幽世〉でも最年長に近い〈根源怪異〉である。

小さな体躯を豪奢な十二単に包み、畳の上にちょこんと座っている姿はまるで雛人形のようでもあるが、煌びやかな金色の髪と蒼玉の双眸がその印象を否定している。しかし、品のいい顔立ちをしているためか、その姿に不自然さはまったくなく、独特の美しさと、気品、そして知性を見事に融和させているのだった。

『この世のものとは思えぬ美しさ』とは、まさにこの少女のために存在する言葉なのだと、空洞淵は勝手に思っている。さらに額に碧(あお)く燦然(さんぜん)と輝く第三の眼がより少女の神秘性を際立たせている。

八百比丘尼でありながら第三の眼を獲得した経緯などは、生憎と空洞淵も知らないが、それでも、この少女が万物を見通す力を持っていることは純然たる事実と認識していた。

金糸雀は——過去、現在、未来のすべてを〈視(み)る〉ことができるのである。

思う存分、金糸雀に頬ずりをしてから、穂澄は満足そうに身体を離す。

「それじゃあ、私は紅葉ちゃんとお話ししてくるね！」

返事を待つことなく、妹巫女は足早に去って行く。その背中を見送って、空洞淵は小さく息を吐いた。

「……騒がしくしてごめんね」

「いいえ、とんでもない」

改めて座布団に座り直しながらも金糸雀はにこにこしている。

「穂澄は元気があってとても可愛く思います。綺翠は、あの年頃から今と同じようにあまり可愛げがありませんでしたから。いいえ、綺翠の場合は可愛げがないのが可愛いのですが……あ、このことはあの子には内緒にしておいてくださいね」

薄紅色の唇に人差し指を当て、どこか蠱惑的に小首を傾げた。

それから、着物の乱れを直して、改めて空洞淵へと向き直る。

「さて、主さま。本日はどのようなご用件でいらしたのでございましょう？」

どのような、と聞かれると空洞淵も困る。たまの休みに時間的余裕ができたために、たまたま寄っただけなのだけれども……。

しかし、と空洞淵は思い直す。

金糸雀はすべての事情を『知っている』はずだ。もちろんそれは、空洞淵がここへ来た理由も含まれているわけで、その上でそのような質問をするということは、きっとそこには何らかの意味があるのだろう。金糸雀の言葉に無駄なものなどない。

空洞淵は一呼吸止めて、考える。

今日、半ば無意識にここへ足を向けた理由――。

「――さっき、〈錬金術師〉に会ったんだ」

思わず口を衝いて出た言葉だったが、言ってから方向性は間違っていない予感がした。

興味深そうな視線を向けてくる金糸雀。空洞淵は、すべてを承知しているはずの彼女に、今日起こったことを初めから語り始めた。

自分の考えをまとめるために必要だと思ったからだ。

森の中で採薬をしていたところに始まり、薄命の少女と出会ったことに終わる一連の流れを語り終えると、金糸雀は、ほう、と息を吐いた。

「——中々、奇異な経験をなさったようでございますね」

「奇異な経験……そう、だね。錬金術なんて初めて見たよ。驚いた」

金糸雀は口元に袖を当てて上品に微笑む。

「〈幽世〉であれば、そう珍しいものでもないでしょう」

確かに、彼女の言うとおりだ。この世界に来てからというもの、今まで散々、吸血鬼やら力持ちの鬼やらを見てきたというのに、今さら何を自分は驚いているのだろうか。

それは恐らく——。

「——たぶん、専門分野が近かったからかな」

頭の中で探り出した答えを口にする。

「一応これでも化学者だからね。きっと化学という同じ土台にありながらも、まったく異なる進化を遂げて超常的な神秘を再現するに至った錬金術に、驚いたんだと思う。なまじ化学を知ってるから、通常の化学反応ではあり得ない話を聞いて違和感を覚えたのかもしれない」

「主さまが無意識のうちに気にしておられたのはまさしくその点でございましょう。しかし——その認識は本当に正しいのでございましょうか？」

「認識？」

頭が回らずただおうむ返しをする。このままではよくないと感じ、空洞淵は真剣に思考を進めてみる。頭の中に気になる言葉を並べていく。

錬金術。硫黄と水銀と塩。〈賢者の石〉。瀕死の少女。

これまで雑然と脳裏に浮かんでいた言葉が、やがて整然と意味を持って並び始める。

「――そうか。真理はどこへ行っても〈そう〉であるから真理なんだ」

無意識に呟くが、呟いたことさえも今の空洞淵は気付いていない。意識は遥か思考の深淵に沈んでいる。

簡単には覆らないからこその真理。

だが――この仮説が正しかったとして、薬師としてどうするのが正解なのか。

呼吸を整え、最善の行動を検討する。答えは――すぐに決まる。

ふと顔を上げると、何とも楽しそうな表情で、金糸雀は空洞淵を見つめていた。どことなく、例の錬金術師のチェシャ猫のような笑みを彷彿とさせる。

「如何で、ございますか？」

「そう、だね……」頭の中の思考を少しだけ整理して答える。「偶然とはいえ、僕の選択はそう間違っていなかったみたいだ。今回は……運がよかった」

「では、主さまの最終的な選択を、わたくしにお聞かせいただけますか？」

金色の賢者の試すような双眸と、すべてを見透かす第三の眼を見返して、空洞淵は口の端をわずかに吊り上げる。

「――何もしない。それが現状最良の選択だ」

「さすがでございますね」

満足そうに賢者は微笑む。

「ええ、そう。それが現状の最良でございます。それをお選びになったということは、違和感は解消されたのでございますね？」

「……うん。概ねは、解消されたと思う」

空洞淵は曖昧に答える。

自身の選択が間違いではなかったのは確かだと思う。

しかし、それでも何かが引っ掛かった。

とても大切なことを失念しているような――微かな違和感が残っている。

いや、違和感と呼べるほどのものでもないのかもしれない。あるいは、ただの気のせいである可能性だって……決して低くはない。

そんな喉の奥に刺さった小骨のような不快感を代弁するように、金糸雀は声を落とす。

「……主さまの懸念はもっともです。わたくしも一点だけ気になっている部分がございまして……。実は、かの錬金術師様のことを、わたくしは十全に知覚できないのでございます」

「知覚できない……？　まさか……？」

千里眼により万物を見通すことのできる金糸雀だが、血を分けた妹である月詠が関与する因果だけは認識できないという弱点を持っている。

しかし、この一件に月詠が関わっている、というのはどうにも解せない。

少なくとも現状は、事件らしい事件も起きていないように思えるが……。

空洞淵の疑問を察したように、金糸雀は慌てた様子で注釈する。

「いえ、この一件が必ずしも悪いことに繋がる、というわけではないのです。街の外に居を構えている以上、おそらく家を建てることにもあの子は協力しているのでしょうし。そういった、些細な因果でも知覚を阻害するので、それほど神経質にあの子の影を警戒する必要はないかと思います」

そういう、ものなのだろうか。

空洞淵はまだ、自分をこの〈幽世〉へ無理矢理連れ込んだ月詠という少女が、よい存在なのか、悪い存在なのか、判断に迷っている。

無論、手放しで褒められるようなモノでないことは間違いないのだが、逆に頭ごなしに否定できない信念のようなものも感じてしまうのだ。

まあ――。

いずれにせよ、今の段階では答えなど出るはずもない。

警戒するに越したことはないのだろうけれども、必要以上に神経質になることもないと金糸雀が言うのであれば、そのとおりにしておくのが精神的にも望ましい。

一番頭を悩ませていた問題には、ある程度の解決をもたらすことができたので、今はこれでよしとしよう。

それからしばらく、何という事もない世間話を繰り広げていると、またふらりと穂澄が座敷に戻ってきた。

「ただいまー」

「おかえり」空洞淵は応じる。「目的は果たせたかい?」

「うん!」穂澄は満面の笑みで頷いた。「紅葉ちゃんとたくさんお話ししたよー。楽しかったな!」

「いつも紅葉の相手をしてくれてありがとうございます」金糸雀は穏やかに語りかけた。「あの子はとてもいい子なのですが、なにぶん口数が少なく、愛想も悪く、わたくし以外にはあまり心を開こうとしないのです。でも、本当はとても寂しがり屋なので、穂澄に構ってもらえて、きっととても嬉しく思っているはずです」

「そうかな? 紅葉ちゃん、色々お話ししてくれるし、笑顔も可愛いし、普通の女の子だと思うけど」

不思議そうに、穂澄は首を傾げた。空洞淵には、いつも淡々としたあのメイド服の少女がおしゃべりでよく笑うようにはとても思えなかったが、穂澄が言うのであればきっとそうなのだろう。何せ穂澄は、あの無表情で有名な綺翠とずっと暮らしているのだ。きっと人一倍、他者の感情を読み取る術に長けているに違いない。

無論、そんなことを口に出そうものならば、一晩中でも綺翠の魅力を語り尽くされかねないので、黙っておくのだけれども。

その後また少しだけ三人で世間話を交わした後、空洞淵たちは賢者の住む〈大鵠庵〉を辞した。

胸に抱えていた蟠りは解けたけれども、喉の奥に刺さった小骨のような不快感は、結局ずっと残ったままだった。

6

翌朝は、昨日の心地よい快晴とは打って変わり、生憎の曇り空だった。重く垂れ込めた鈍色の雲は如何にも不吉で、何とはなしに気が滅入る。この調子では、いつ一雨来てもおかしくない。

少しずつ、しかし着実に歩み寄る冬の到来を予感せずにはいられないほど、空気は冷え込んでいる。やはり日本家屋は寒いものだと、新たな知見を味わいながら厚手の小袖に着替えて居間へ向かう。

「――おはよう」

居間では、いつもの巫女装束に身を包んだ綺翠がお茶を飲んでいた。

おはよう、と応じて空洞淵は卓袱台(ちゃぶだい)に着く。火鉢に掛けられた土瓶から自分の茶を注いで温まる。

「今日は寒いね」

「そう？」綺翠はいつもどおりの無表情で空洞淵を見た。「昨日よりは多少涼しいけど、まだ寒いというほどではないわね」

確かに綺翠は驚くほど普段の様子と変わらない。元々、極めて状態変化が見抜きにくいほうだが、少なくともやせ我慢をしているというようには見えないので、本当にまだ寒さを感じていないのだろう。真夏でも汗一つ流さず、顔色一つ変えずにケロリとしているほどだ。きっと寒さにも耐性が付いているに違いない。ひ弱な現代人にはとても太刀打ちできなかった。

「――でも、そろそろ空洞淵くんの丹前も仕立てたほうがよさそうね。用意しておくから、もう少し我慢してね」

「……面目ない」

察しのいい綺翠は、軟弱な空洞淵を決して責めない。空洞淵としても、可能な限り

〈幽世〉の環境に適応しようと努力はしているのだが、さすがに急激な変化にはまだ対応できない。元より空洞淵は、大変な寒がりで特に冬は大の苦手だった。これから本格的な冬が訪れると思うと今から気が重い。

温かいお茶のおかげかようやく人並みに頭が回るようになったところで、綺翠が改めて口を開いた。

「空洞淵くんの今日の予定は？」

「今日は……そうだね。一雨来そうだし、大人しく店に籠もってるよ。ああ、そのまえに少し、カリオストロさんのところへ顔を出していこうかな」

「……あの変人のところへ？　どうして？」

途端、不機嫌な声になる綺翠。思えば、昨日アヴィケンナと出会ったことを話したときも、どこか機嫌を損ねたふうになったのだった。極力刺激をしないように、空洞淵は慎重に答える。

「ちょっとだけ昨日確認し忘れたことがあってね。大丈夫、二、三の確認を終えたらすぐ帰るから」

「――ふうん」

納得したのかしていないのか。何とも言えない表情で、巫女は口を曲げた。

「一人で大丈夫？　一緒に行きましょうか？」

「ありがとう。でも、大丈夫だよ。道は覚えてるし、店からそれほど遠くもない。それに、いつまでも綺翠たちにおんぶに抱っこってわけにもいかないよ。一応、僕も大人だからね」

「まあ……それもそうね」

やはり納得がいかない様子ながらも、渋々綺翠は頷いた。おそらく、早く〈幽世〉に慣れるために一人でできることはなるべく一人で頑張ろうとする空洞淵の意思を尊重したいと思ったのだろう。基本的にこの巫女は、無愛想だが面倒見がとてもよいのである。

それから、穂澄の作った朝食を美味しくいただいて、空洞淵は普段より早めに神社を出た。手ぶらで行くのもどうかと思い、少し街のほうへ寄り道をしていこうと思ったのだ。

いつ雨が降り出してもおかしくない空模様。自然と足どりは速くなる。

早朝ということで、店が開いているか少し不安だったが、街に入ると思っていたよりもずっと活気付いていたので少し驚く。天気の悪いこの時期はみんな家に籠もりがちかと思いきやそういうわけでもないようだ。基本的にこの街の住人は、活力に満ちあふれている。

「よう、先生！　こんな時間から珍しいな！」

目抜き通りを歩いていたら、八百屋の主人に声を掛けられた。空洞淵は足を止める。

「おはようございます。朝から御精が出ますね」

「がっはっは！　そりゃお互い様だ！」店主は豪快に笑い飛ばす。「先生は急患かい？」

「いえ、ちょっと店を開けるまえに所用がありまして」

「へえ……」意味深に口の端を上げる。「ところで、巫女様とは仲よくやってんのかい？」

　仲がいいか悪いかと聞かれたら、おそらく前者だろう。

　曖昧に頷くと、店主は何故か嬉しそうに、ばしんばしんと背中を叩(たた)いてきた。軟弱な空洞淵は勢い余って思わずたたらを踏む。

「がっはっは！　そうかそうか！　実はなあ、心配してたんだよ！　若(わけ)ぇ身空で、神社を切り盛りしてる巫女様たちをよ！　あんな別嬪(べっぴん)姉妹なのに浮いた話の一つもなくて、もったいないと思ってたが、先生がいるなら安心だな！　これからも、巫女様たちとよろしくやってくれ！」

「はあ」

　注釈を入れたところで意味もなさそうだったので、大人しく言われるままになっておく。〈現世〉にいた頃ならば、この手のお節介はうっとうしいと感じてしまっていたかもしれないが、今は不思議と悪い気はしない。人間、変われば変わるものだ。

「そういや、昨日、先生と穂澄ちゃんと何か目付きの悪いおっかない別嬪で街を歩いてたらしいな。俺ぁ、見なかったんだが、何やってたんだい？」

　目付きの悪いおっかない別嬪とは、おそらくアヴィケンナのことだろう。噂になる程、注目を集めていたようで今さらながら少々恥ずかしくもある。

「僕らと一緒にいたのは、カリオストロさんという人です。彼女の仕事を見学させてもらっていたんですよ」

「カリオストロ？　カリオストロねえ……」

　何か思い当たることでもあるのか、店主は顎を摩って空を見つめる。

「そうだ！　カリオストロってのは、あれか。錬金術師さんか！　なるほど、おっかない別嬪か！　がっはっは！　上手いこと言う野郎がいたもんだな！」

「カリオストロさんのこと、ご存じなんですか？」

「おうよ！　四ヶ月くらいまえ、ウチの畑が突然痩せちまってな。野菜が育たねえから商売上がったりで、女房と二人で参ってたんだが……」

　そのとき突然、奇っ怪な高笑いが聞こえたのだと、店主は当時を思い出すように語り始めた――。

「ハッハーーッ！　ハハッハッハーーッ！　ご機嫌よう、麗しきご夫婦！　何かお困りかな？　うん、お困りだね！　そんなところに私が来た！　空前絶後にして完全無欠、才気煥発の極みであるこの天才錬金術師、アヴィケンナ・カリオストロに何でも相談したまえ！」

頭の両脇で灰色の髪が跳ねた怪しい女だった。顔には濃い隈があり、ぎらついた双眸も相まって、大変凶悪な面構えだ。本来であれば幾分印象を和らげるはずの眼鏡もまるで役に立っていない。見慣れない西洋服に、所々薄汚れた白い羽織を着た珍妙な姿も、その怪しさに拍車を掛けている。

店主は戸惑うが、女房の手前、不審者に対して弱腰になるわけにはいかなかった。

「な、なんでえ、アンタ！　俺たちゃあ、忙しいんでい！　他ぁ行ってくんな！」

「ハハッ！　まあ、そう意固地になるな、ご主人！　ふむ……」

女は店主を無視すると、畑に目を向けて屈み込む。そして躊躇なく土に手を突っ込み、一部を手に取るとしばらく指の中で弄んでから、再び、ふむ、と呟いた。

「見たところ畑が痩せて、作物が育たなくなっているというところか」

女は立ち上がると、手に付いた土を払ってから、にぃ、と笑う。

図星を指された店主は、戸惑う。

「ど、どうしてそれを……」

「なに、ちょっとした観察と経験則――あるいは、錬金術の力さ」

何でもないことのように言って肩を竦め、女は白い羽織の衣嚢から、手のひらに載るくらいの包みを取り出す。

「この中に入っている白い粉を畑に撒いて、土をよく混ぜてから作物を植えてみたまえ。さすればたちどころに畑は復活するだろう」

それだけ言うと、女――アヴィケンナはまた謎の高笑いを残して去って行った。

どう考えても怪しさ満点だったが、店主は藁にも縋る思いで、言われたとおり試してみた。すると、まさしく彼女の言ったとおり、畑は復活。それどころか前年比でも一・五倍ほどの収穫を上げられたのだという。

大いに喜んでいたところに、またふらりとアヴィケンナが現れた。

多大な恩義を感じていた店主は、彼女に感謝を伝え、収穫した野菜を礼としてたくさん彼女に渡した。

「錬金術ってやつは大したもんだな！　まるで妖術みたいだったよ！」

店主の言葉に、錬金術師は満足そうに笑ってから大仰に頷き、

「まさしく！　神秘を再現する錬金術に不可能なことなどないのだよ！　きみもこの偉大な錬金術師アヴィケンナ・カリオストロのことをよく覚えておきたまえ！」

そう言ってまた哄笑したのだった。

「――あの高笑いは、一度聞いたら忘れねえや。何でも、他にも色々街の連中に手を貸

してるみたいでよ。よくわからねえけど、とにかく錬金術ってやつはすげえんだってみんな噂してるぜ」

「へえ……そんなことがあったんですか……」

店主の話に空洞淵は感心する。あまり街の動向には興味がなさそうなアヴィケンナだが、意外と上手(うま)くやっているらしい。畑に撒かれた白い粉は、おそらくリン酸やカリウムなどの植物の発育に欠かせない成分だろう。

しかし——と、空洞淵はまたささやかな違和感を覚える。

どうにも空洞淵の印象と、店主の語るアヴィケンナ像が一致しないのだ。

確かアヴィケンナは、錬金術師というのは、神秘の探求者だと言っていたはずだけれども……。あるいはリップサービスで、街の人たちにはわかりやすく万能の力であるように語っただけなのだろうか。

いずれにせよ、妙に店主の話が気に掛かった。

それから何故か最後にサツマイモを数本手土産としてもらって八百屋を去る。受け取れないと最初は固辞したのだが、普段世話になっているからと、妙に嬉しそうに押しつけられてしまったのだから、断るのも忍びない。

止むなくこれを手土産として、アヴィケンナの元へ向かうことにする。

その途中、何とはなしに足が止まった。それは、沢南ミコトの家の前だった。

近所の人が世話をしてくれているらしいが、空洞淵も何かできないかと昨日から気になっていたのだ。今さら自分に何ができるとも思っていなかったが、知らんぷりなどできないのだから仕方がない。

彼を動かしている感情の正体。それは、明日命の灯が消えるかもしれない孤独な少女に対する同情の気持ち——などではない。もちろん、それがゼロであるとは言わないが、大部分は薬師としての矜持だった。

昨日、大鵠庵で真相に気づいてしまった空洞淵は、自分にこの物語の行く末を見届ける責任があるように思ってしまった。

誰かが吐いた優しい嘘を最後まで見届けるのが、薬師としての自分にできる唯一のことなのだと。

しかし、改めて家の前で足を止めると急に不安に襲われる。どうやって訪ねていけばよいものだろうか。そもそもミコトは空洞淵の患者ではない。昨日、少し言葉を交わしただけの男が、勝手に家へ上がり込んでも大丈夫なものだろうか。

様々な葛藤に頭を悩ませていたところで、突然背後から声を掛けられた。

「あ、空洞淵先生。おはようございます」

目抜き通りを逸れ、人通りが少なくなっていたところだったので、声を掛けられて驚く。それに声にも聞き覚えがなかった。ゆっくりと声のしたほうを振り返る。

そこには、少し傷んだ着物に身を包んだ少女が立っていた。顔を見ても誰だかわからない。正確には、いつかどこかで会ったことがあるような気はする。しかし、それが〈いつ〉で〈どこ〉のことだったのかはさっぱり思い出せない。

こうしたことは、空洞淵には珍しい。少なくとも、一度言葉を交わしたことのある人であれば、それを忘れるということはこれまで一度もなかった。

何とも言えず気持ちが悪い。申し訳ないとは思ったが、彼は素直に尋ねる。

「えっと……おはようございます。その、すみません。少しど忘れをしてしまったようで……。もしよろしければ、お名前を教えていただけますか？　朝だからかあまり頭が回っていないみたいで」

きょとんとした顔で空洞淵を見る少女。正直、嫌な顔の一つでもされるかと身構えたが、しかし少女はそんな素振りすら見せずに、むしろ嬉しそうに答えた。

「そう、ですよね。先生とお会いしたときとは、随分様子が変わってますものね。仕方がないです」

どうやら、やはり少女と会ったことはあるらしい。しかし、未だに思い出せない。空洞淵はその不快感を紛らすために額に手を当てる。

「突然でしたから、私自身、驚いているくらいです。やはり、あの方は凄いのですね。まさかここまで治るとは——」

少女の言葉の意味がわからない。ただひたすらに彼女の口から零れるであろう決定的な言葉を待つ。

「……立ち話も失礼でしたね。お急ぎでないのなら、うちに上がってください。何のお構いもできませんけれども。それに、雲行きも怪しいですし」

わずかに空を見上げて少女は提案する。その上目遣いの視線は、いつか絶対にどこかで見たことのあるものだった。それも極々最近のこと——。

「……家が、近くにあるのですか？」

何故だか妙に息苦しい。粘性の高い湿った空気が肺に充満しているみたいだ。酸素の運搬効率が極めて悪い。少女は苦笑を浮かべて答えた。

「……ふふ。昨日いらしたばかりですよ」

「昨日……？」

ぬるりと。

空気よりもずっと密度の高いものが肺に侵入してきたような気がした。

少女はどこか照れたように微笑みながら、告げた。

「思い出していただけました？　私、沢南ミコトです」

空洞淵はただ黙って目を見開き、少女を見つめることしかできなかった。

ぽつぽつと。

冷たい雨が、降り始めた。

7

空洞淵は、雨の中傘も差さずに森を歩いていた。

幸いなことに頭上に生い茂る木々が、直接的な雨から彼を守ってくれるが、枝葉に弾かれ飛沫(ひまつ)となった水分が、全身をねっとりと湿らせていた。

酷(ひど)く、寒い。

秋雨に包まれた森は、外界の音を遮断している。雨音さえほとんど届かない。耳鳴りがするほどの無音の中、柔らかい地面を踏み締める音だけが微かに反響する。

しかし、空洞淵はそれさえも気に留めなかった。彼は今、必死に状況整理をしていた。

雨宿りも兼ねてミコトの家に上げてもらった空洞淵は、内心の混乱をひた隠しにし、少女から色々と話を聞いた。

曰(いわ)く、今朝起きたら、突然元気になっていたらしい。

常識的にも医学的にも、あり得ないことだった。

昨日、彼がミコトを診たときには、本当に生きているのが不思議なほど衰弱し切っていたはずだ。それがたった一日で見違えるほど回復し、あまつさえ常人と変わらぬほど歩き回れるようになるなんて――あらゆる意味で考えられない。

自分の診断が間違っていたわけではない。

自分の選択が間違っていたわけでもない。

その上で不可思議な現象が発生したのであれば――それはもう、神秘しかあり得ない。あるいは、言い換えるならば、怪異。

今回の一件には、何らかの怪異が関与している。そして恐らく彼女は、それを知っている。

『カリオストロ錬金術研究所』

煉瓦造りの洋館の表札には、ご丁寧に日本語でそう刻まれていた。黒御影石(みかげいし)の立派な表札だ。

装飾過多なほど複雑な意匠の施された扉に据え付けられたノッカーを叩く。建物が大きいので、家主の元まで届かないのでは、と不安になったが、幸いなことにすぐに扉は開かれた。

「やあやあ、誰かと思えばキリコくんではないか。朝早くからご苦労様だね。おや、いつの間に朝になったのだろう？　研究に没頭すると時間の流れが速くなっていけない。これはまさしくアインシュタインの提唱した相対性理論というヤツだね。いや、ただのジョークさ、聞き流してくれ。おっと、長々と立ち話を申し訳ない。用件は中で伺おうか。どれ、よかったら一緒にモーニングコーヒーと洒落込もうじゃないか」

猫を思わせる引き締まった身体に薄汚れた白衣を羽織ったアヴィケンナが、眼鏡の奥の吊り上がった目でウィンクをしながら空洞淵を中へと促した。相変わらず、目の下には濃い隈があるので、寝不足であることが窺えたが、しかしその割には妙に元気そうな印象を受けた。

昨日と同じアリスのお茶会に登場しそうな可愛らしいリビングへ通される。

部屋の隅のサイフォンに向かい、背中越しにアヴィケンナは言う。

「適当に座って、くつろいでくれたまえ。何を隠そう私は、朝は地獄のように熱くて苦いコーヒーを飲まなければ頭が働かないタイプでね。この世界にやって来た当初は、コーヒーが飲めなくて、それはもう苦しんだものさ。まったく、コーヒーというのは恐ろしい中毒性飲料だ。悪魔の飲み物と言っても過言ではないね。ところで、サイフォンというのは、コーヒーを淹れる器具としてかなり有名なものだが、その実、美味く淹れるのは、非常に難しいということをご存じかな？　火を消すタイミングから、粉の粒度まで、かなりの正確さと熟練を要求される代物さ。正直なところ、味だけを求めるのならば、ドリップに勝るものはないと思うのだが、しかし私はサイフォン独特のこの苦みに目がなくてね。眠気覚ましにはかなり重宝しているのだ。キリコくんは苦いコーヒーはどうだい？　おお、それならばよかった。ところできみは何をしに来たのだ？」

一気に捲(まく)し立てると、アルコールランプに火を点けて振り返った。半拍遅れて、アッシュブロンドのポニーテイルが大きな弧を描く。不健康そうな見た目の割に、随分と綺麗な髪だ、とやや見当外れな感想を持ってしまう。

「……朝から突然押しかけてすみません。少し、気になることがあったものですから」

「――ほう」

眼鏡の奥の目を細めて、錬金術師はじっと空洞淵を見据える。しかし、すぐにいつもの飄々(ひょうひょう)とした様子でソファに腰を下ろすと、どこか挑戦的に長い足を組み、肘(ひじ)掛けに頬(ほお)杖(づえ)を突いた。

「では、キリコくん。コーヒーを淹れるわずかな時間も無駄にすることなく、きみの話を聞くとしようか」

何気ないその言葉で、空気が変わったことを感じ取る。

好奇心の輝きを宿しながら、すべてを見通そうとする、射るような眼光。しかし、口元には歪(いびつ)な笑みが浮かんでいる。

その様は、どこか知的な肉食獣を思わせる。ここは彼女の領域だ。何が起こっても不思議ではない。

ふと空洞淵は、『あの日』のことを思い出す。

仕事の帰り道――街灯の下に立っていた白銀の少女。

不吉に暗い黄昏時の中で尚、幻想的な輝きを放っていた彼女は、銀色の髪を風に靡かせながら、小首を傾げ、妖艶に微笑んでこう言った。

『あなたをお連れしましょう。生きるも死ぬも己次第……忌み嫌われこの世から排斥された鬼たちの住まう国へ――』

あまりにも印象的だったその言葉。

――生きるも死ぬも己次第、か。

自身の身に何が起ころうとも、すべては自己責任である、という不条理。

だがそれ故に、この世界では誰もが自由に日々を生きている。

自由とは、人生とは――元来とても不条理なものなのかもしれない。

脳裏に浮かんだ回想を振り払い、覚悟を決める。背筋を伸ばして真っ直ぐに、好戦的な笑みを浮かべるアヴィケンナを見返した。

「実は……つい先ほど、沢南ミコトさんに会いました」

「ほう――」アヴィケンナの眼光が鋭くなる。「そうかそれは何よりだ。どうだい？彼女は元気そうだったかい？」

ええ、と空洞淵は慎重に言葉を選択して続ける。

「それはもう、とても元気そうでした。昨日まで瀕死だったとは思えないほどに」

一瞬、表情を曇らせるアヴィケンナ。しかし、すぐに余裕に満ちた笑みを浮かべて、長い足を組み直す。

「それは喜ばしいことではないか。私の薬が効いたということだろう？」

「そうですね。とてもよく効いたみたいです。いえ、正確には、効きすぎた、と言うべきでしょうか」

「……それは、一体どういう意味かな？」

低い声でそう告げてから、アヴィケンナは白衣のポケットから煙草を取り出し、ゆったりとした動作で火を点けた。

揺らめく炎と、立ち上る紫煙だけが、時間の経過を示している。

「言葉どおりです。あなたの薬は、治るはずのない病を治してしまったんです」

責め立てるように、語気を強める。アヴィケンナは、何故か満足そうに煙を吐いて目を閉じた。空洞淵は、語気を和らげて続ける。

「――ただまあ、その件は僕がとやかく言うことではないと思っています。正直、どうでもいいとさえ言ってもよいでしょう。治るはずがあろうがなかろうが、病気などというものは、治るに越したことはない。人間には健やかに生きる権利がある。だから、ミコトさんが健康になったのならば、それがどのような過程を経て得られたものであろうが、喜ぶべきことなのだと思います。少なくとも僕は嬉しいです」

　アヴィケンナは、頬杖を突いていた手で目元を隠した。

「ふむ、私も嬉しいぞ。実に喜ばしい。しかし、どうにもきみの言葉は、先ほどから少々回りくどいな。私が言えた義理ではないのだが、もう少し直接的に話せないものかね。それできみは、一体何をどうしたいのだ？　それを私に話して、私をどうしたい？」

　空洞淵は、日本刀のように鋭利な弧を描いた錬金術師の口元をじっと見つめながら告げた。

「**あなたを**――**救いたい**」

　錬金術師の口元から、含み笑いが零れた。それからおもむろに立ち上がる。

「なるほどなるほど。それは実に興味深い話だ」

　サイフォンの元へ進み、沸騰を確認して火を消した。アヴィケンナは振り返ることなく続ける。

「きっとそれは、苦み走った地獄のように熱いコーヒーを飲みながら聞くに相応しい話だろうな。どれ、一旦本題は保留にして、きみの思考過程を話してくれないか。私はそれに大変興味がある」

「ええ、構いません。少し、端折り過ぎた自覚はあります。きちんと順を追って説明しましょう」

芦毛(あしげ)の馬の尾を思わせる髪を見つめて、空洞淵は語り始める。

「まずは、僕の〈選択〉の話からしましょうか。最初、僕はアヴィケンナさんの錬金術——ここでは〈賢者の石〉を使ったミコトさんの治療を指しますが、それを見せていただいたとき違和感を覚えました」

「私の錬金術に何かおかしな点でもあったかね？」

「いえ、そもそも錬金術に関して僕は完全な門外漢なので、作法などが正式なものと違っていたところで、わかりようもありません。ただ〈賢者の石〉を見せていただいてから、漠然とした違和感をずっと抱えていました」

「結局、違和感の正体は何だったんだね？」

再び点火したアルコールランプから目を逸らすことなくアヴィケンナは尋ねる。

「恥ずかしい話ですが、違和感の正体は、僕の認識の齟齬(そご)だったのです」

「——認識の、齟齬？」

「ええ。ご存じのとおり、僕は〈幽世〉へやって来てまだ日が浅いのです。でも、その間に様々な〈鬼人(おにびと)〉と出会って、色々な怪異や神秘を目撃しました。〈現世〉では逆立ちしたってお目にかかれないような超常体験の連続でした。ですから、少し調子に乗っていたのかもしれません。〈鬼人〉による怪異や神秘は、あって当たりまえのモノだと思うようになり、少しでも不思議なことやわからないことと出会ったら、それらすべてを無意識の内に、『神秘である』と認識するようになっていたんです」

吸血鬼に蛇神、鬼、エクソシスト。

様々な超常体験は、逆に可能性を狭めて思考停止へと導いていた。

「つまり僕は、化学と土台を同じくしていながらも神秘を再現できる錬金術師という存在を、〈鬼人〉であると認識してしまったんです」


――その認識は本当に正しいのでございましょうか？


あの時、金色の賢者はそう問うた。

空洞淵が抱いていた違和感の正体――それは、化学者でありながら神秘を許容する存在の自己矛盾だった。

化学は真理であり、本来、真理に神秘の介在する余地など存在しない。

「真理は簡単に覆らない――そんな当たり前のことを、僕は失念していました。あなたは、錬金術師という存在を、神秘の探求者と表現しました。そして、そんな果てのない夢を追い求めるのが錬金術師であるのだとも。ここでたとえば、もしもあなたが〈魔法使い〉などを自称していたのであれば、何も問題はなかったんです。魔法であれば、それ自体が神秘であり、真理を超越することを前提としていますから。しかし、それでもあえてあなたはご自身を、錬金術師であると規定していた。その意味するところは──」

そこで一旦言葉を切る。釣られるようにアヴィケンナは振り返った。

空洞淵は、アヴィケンナの双眸を真っ直ぐに見つめながら、断言した。

「──つまり、あなたに真理は覆せない」

アヴィケンナは言っていた。

錬金術師とは、在り方なのであると。

化学では絶対に不可能な奇跡という、見果てぬ夢を追い求める〈生き様〉。

そして錬金術師が、神秘の再現を目指している存在なのであれば、大前提として錬金術師は神秘の再現者ではないことになる。

それはつまり──アヴィケンナ・カリオストロという存在は、圧倒的なまでにただの人間であるということを指す。

錬金術では、決して神秘には至れない。

あくまでも、神秘の再現を試みるのが錬金術なのだ。それに至ることは本質ではない。

否、至らないからこそ、学問として成立したのだとも言い換えられる。より正確に表現するならば──至ってはいけないのだ。

神秘を夢見ていながらも、人間の領域を逸脱してはならない。錬金術とは、本質的な部分に矛盾がある。それは、ウロボロスの蛇のように閉じられた矛盾の循環。

その上に成立したのが――錬金術なのだ。

アヴィケンナは、驚きに目を見開く。

「――見事だ。昨日、錬金術について初めて知った人間がその本質に至るとは……。そうだ。きみの言うとおりだよ、キリコくん。錬金術とはね、決して手の届かないものを追い求めるだけの――虚しい学問なのさ」

「学問というものは……本質的に虚しいものです。いえ、逆に実用的であってはならないんです。非実用的なことに価値を見出すのは、人間だけの特権です」

「――そうか。そう言ってもらえると、私も救われる。できればもっと早く、きみに会いたかったな。まあ、過去を悔やんでも詮ないことだ。すまなかったね、話を戻してくれ」

唇を舐めて軽く湿らせてから、空洞淵は話を再開する。

「さて、錬金術の本質はわかりました。そして錬金術師である以上、あなたに神秘は再現できない。しかし、僕は錬金術による神秘の大成たる〈賢者の石〉と、それを用いた錬金術による病人の治療を見せてもらいました。これは一体どういうことか――考えられるのは二とおりです。一つめは、実はあなたが錬金術師ではなく、神秘を再現できる

〈魔法使い〉である、という場合。もう一つは——あなたが見せてくれた錬金術には、化学的、ないし医学的な意味があるという場合です。僕は後者と仮定してみました。つまり、その……言い方は悪いですが、トリックであるということです」

ちらりと、気分を害してしまったかとアヴィケンナの顔色を窺う。しかし、当の錬金術師は上機嫌にサイフォン上部に満ちた黒褐色の液体を竹べらでかき混ぜていた。

問題ないと判断して、空洞淵は話を進める。

「……あなたが〈鬼人〉ではなくただの人間だった場合、見せていただいた〈賢者の石〉は一体何だったのか。もちろんあのとき実際に〈賢者の石〉がもたらす奇跡を見せていただいた訳ではありませんので、どうとでも言えます。暴論を言ってしまえば、その辺でそれっぽい石を拾ってきて『これが〈賢者の石〉だ』と主張するだけでいいのですから。でも、それではあなたが錬金術師ではなくただの詐欺師に成り下がってしまう。あなたは聡明な人だ。だから、それはないと思いました。ということは、あのときの〈賢者の石〉は、錬金術的な手法で作られた物質、ということになります。錬金術において、すべての物質は、硫黄、水銀、塩の三つから構成されているそうですね。これは当然、〈賢者の石〉にも当てはまる。ならば答えは簡単です。あの〈賢者の石〉は、錬金術という、化学と神秘の坩堝の中で生み出された極普通の化合物——硫化水銀です」

ぴくりと、アヴィケンナの肩が震えた。

「正確に言うならば硫化水銀（II）、化学式ならHgSですね。この化合物は、通常赤色を呈するので、かつては絵の具や朱肉などに用いられていました。ただ、作り方が少々特殊で、単純に硫黄と水銀を混ぜただけでは、黒色の硫化水銀ができてしまうようです。この差は結晶構造の違いから現れます。おそらく、結晶化の際の温度や不純物によるものなのでしょうが、専門ではないので詳しいことは解りません。とにかく、水銀と硫黄の化合物でありながら、通常の過程では生成し得ない特殊な物質ということです。これはまさに錬金術の叡智たる、〈賢者の石〉と呼ぶに相応しいものですね」

吟味するように空洞淵の話をじっくりと聞いていたアヴィケンナが不意に口を開く。

「錬金術の世界ではね、〈賢者の石〉は三段階に変化すると言われている。最初が黒い〈賢者の石〉、次が白い〈賢者の石〉、そして最後が赤い〈賢者の石〉だ。黒い〈賢者の石〉に到達できた錬金術師は数多くいるが、赤い〈賢者の石〉に到達できた錬金術師は数えるほどしかいないらしい」

なるほど。史実からでも、〈賢者の石〉が硫化水銀であることがわかるのか。

興味深いと感心していたところで、アヴィケンナは不敵な笑みを浮かべて振り返る。

「きみの主張は荒唐無稽であり、事実無根の言い掛かりに過ぎないが、一旦このまま話を進めようか。仮に、そう仮に私が〈賢者の石〉と称して、硫化水銀をミコトに与えていたのであれば、何故きみは私を止めなかった？　水銀には、毒性があるのだろう？

きみは薬師として、何が何でも私を止めなければならなかったのではないか？」

その疑問はもっともだった。

水銀が毒であることなど、今どき子どもでも知っている。何より、多くの錬金術師たちが〈賢者の石〉を夢見て、水銀中毒で死んでいったという歴史的事実がある。

「はい。本来であれば、そうなのですが……」歯切れ悪く空洞淵は頭を掻く。「でも僕は、ミコトさんの意思を尊重しようと思ったんです」

アヴィケンナは、大仰な仕草でどこか小馬鹿にしたように肩を竦めた。

「おいおい、見損なったぞ、キリコくん。あれか？　プラセボ効果ってやつか？　ミコトが薬だと信じて飲めば、毒を飲んでも効果があると思ったのか？　それとも、瀕死のミコトなら毒を飲んでも構わないと思ったのか？」

アヴィケンナの視線が鋭くなる。しかし、空洞淵はそれをやんわりと受け流す。

「カリオストロさん、あなたは一つ大きな誤解をしています。いえ、この手の誤解は、薬のことを知らない一般の人々には、もはや常識と言ってもいいほどに蔓延しているこ
となので、致し方ないとも言えるのですが」

「――私が何を誤解しているって？」

さらに鋭い視線で射抜いてくる。目の下の隈と相まって、もはや凶悪と言ってもいいほどだったが、それでも空洞淵は動じず、穏やかに続ける。

「毒と薬というものは、基本的に同じなのです。用量や目的とした効力などの差で、相対的に両者が区別されているだけであり、本質的には同じものです。『薬も過ぎれば毒となる』なんてこともいいますが、そんなものは当たり前です。極論を言えば、薬を飲むということは、本来人体に不要な毒を飲むということと同義なのです。たとえば、有名なところでは、トリカブト――あの植物は、根や葉を摂取すると、嘔吐(おうと)や呼吸困難を呈し、最悪不整脈を起こして死亡することもある強力な毒物ですが、修治(しゅうち)と呼ばれる弱毒処置を施せば附子(ぶし)という生薬になります。効能は、鎮痛や強心作用などですね。この生薬は、比較的多く漢方薬に用いられます。強心作用などを期待しているところからも解るとおり、毒物としての作用点と薬物としての作用点が同じです。つまりこの場合は、用量の違いによる影響の差を利用しているわけです。また、他にも毒草として有名なジギタリスやダチュラなどがありますが、これらも薬物としてよく用いられます。まあ、僕の漢方では使いませんけれども」

捲し立てるように語る空洞淵に対し、ついにしびれを切らしたのかアヴィケンナは片手で制した。

「ちょ、ちょっと待ってくれ……。つまり、きみは何が言いたい？　私が言えた義理ではないが、それでも少々婉曲(えんきょく)的すぎる」

さすがに迂遠(うえん)すぎたか。空洞淵は気まずく思って後頭部を掻く。

「すみません、話が脱線してしまいました。つまり、ですね。硫化水銀は薬として利用されることがあるんですよ」

「そんな、馬鹿な……！」

驚愕（きょうがく）に目を見開くアヴィケンナ。

「もちろん、毒性はあります。特に生体内に浸透しやすく蓄積性も高い『有機水銀』は毒性が非常に強いのですが、硫化物などの『無機水銀』はほとんど吸収されずに排泄（はいせつ）されるので、それほど毒性は高くないんです。『朱砂（しゅしゃ）』や『丹砂（たんさ）』などと呼ばれ、漢方では、鎮静や催眠作用を期待してかつては利用されていました。『金匱要略（きんきようりゃく）』でも、『赤丸』という処方に記載があります。さすがに僕は扱ったことがありませんが……」

「ということは、まさか――」

　驚愕の表情を浮かべたままアヴィケンナは固まる。空洞淵は、力強く頷いた。

「そうです。僕の視点からすれば、あなたはちゃんと、ミコトさんに鎮静作用のある薬を処方していたんです。確かに毒物ではありますが、少量ならば薬です。だから、僕はあなたの行動を止めなかった。あなたは間違ったことをしていないと思ったからです。それに、ミコトさんも十分に薬効を実感し、楽になったと言っていました。末期症状にあった彼女が、ＱＯＬ（生命の質）を回復したのです。第三者の僕が言うことなど何もありません。故に僕は、『何もしない』という選択をしたんです」

「――そう、だったのか」
二、三歩よろけて、壁に背中を預けて立ち尽くすアヴィケンナ。
その反応は空洞淵には少し意外だった。しばらくそのままの姿勢で、放心したように天井を仰いでいたアヴィケンナだったが、不意に視線を戻すとまた不敵な笑みを貼りつけて言った。

「……なるほど、なるほどね。キリコくん、きみは薬師としても一流だが、探偵の素質もあるようだ。たったあれだけの情報からここまで推理するのだからな」

「買い被りですよ。単純に、自分の分野でものを考えたらたまたま行き着いただけです。それにまだ、ここまでの話は導入に過ぎません。ここからようやく本題に入るんですから」

「ほう！　ここからさらに展開するのか！　確かに現状最大の問題点がまだ残ってるしな！　うむ、ではここからはコーヒーを飲みながらにしようか！　丁度いい感じに淹れ終わったところだ！」

アヴィケンナは、手早く二つのカップにコーヒーを注いで、空洞淵の元へ戻ってくる。目の前に置かれた、芳ばしい湯気が立ち上るカップ。空洞淵は早速口を付ける。

地獄のように熱く、舌が痺れるほどに苦い。なるほどこれは強烈だと、溜息を吐いてから、空洞淵は背筋を伸ばして、本題に入る。

「――とにかく、ここまでが僕の昨日までの思考と仮説と選択です。少なくとも大きな矛盾はありませんから、その時点では、この仮説に納得していました。多少気掛かりはありましたけど……とりあえず様子を見るという選択は正しいと感じていました。……ところが今朝、突然、決定的な問題点が現れたんです。言うまでもなく――絶対に回復しないはずのミコトさんが、常識では考えられない回復を遂げたことです」

アヴィケンナの様子を窺う。彼女は無表情だった。否、口元だけは相変わらず嫌らしく歪んでいた。気にはなったが、構わず空洞淵は続ける。

「これは、決してあり得ないことです。昨日の段階でさえ、生きていられるのが不思議なほど弱っていたんです。それがわずか一日で、健常者レベルにまで回復するなんて――〈現世〉の最先端医療を用いたとしても絶対に不可能です」

「しかし、実際にミコトは回復していたのだろう？　ならば、この事実をどう解釈するのだ？」

「……答えなんて一つしかありませんよ」

コーヒーを再び一口啜ってから、空洞淵はきっぱりと断言した。

「あなたは、神秘の再現を目指す錬金術師ではなく、神秘を司る別の存在――〈鬼人〉になってしまったということです」

そう、それが論理的帰結。

常識では起こらないはずのことが起こった。人には起こし得ない奇跡が起こった。簡単には覆らないはずの真理が覆った。

ならばそれは——人ならざる〈鬼人〉の仕業である。

この状況でそれが可能だったのは、アヴィケンナ・カリオストロしかいない。

「街で少し話を聞いたのですが、街の人たちの多くが、錬金術を妖術の類だと考えているそうですね。妖術——つまり、怪異です。ようするに大多数の街の人々が、あなたのことを〈鬼人〉なのであると認識し、それが噂になっていた。……そして、ついに一週間ほどまえ、その認知の数が閾値を超えて広まってしまった。その結果——あなたは『アヴィケンナ・カリオストロは錬金術という妖術を使う〈鬼人〉である』という〈感染怪異〉になってしまったんです」

〈感染怪異〉によって、〈鬼人〉へ変容する場合、基本的には本人の意思とは無関係にそれは起こる。ごく稀に、修行僧などが極めて強い自己認識を持つことによって、自らを〈鬼人〉へと変貌させることがあるそうだが、あくまでも例外中の例外だ。

この場合、いくらアヴィケンナが自身を〈神秘を追い求める錬金術師〉だ、と認識していたところで、街の人々が錬金術師を妖術に似た神秘を再現する存在である、と認識していたのであれば、自己認識など何の意味もなくなる。

結果として、一週間まえに突然、彼女の意思を無視した神秘を再現する異能が発露してしまった。

「あなたの身に起こった最大の不幸は、〈賢者の石〉の錬成に成功してしまったことです。錬金術師の悲願を達成したと同時に、錬金術師としての自分を否定してしまったのですから。あなたは――ウロボロスの環を開放してしまったんだ」

終わりがないはずの錬金術に、終わりが訪れた。

「そのときあなたは、自らが錬金術師を逸脱してしまったことに気づいた。とにかくまずは冷静に、自身が錬成した〈賢者の石〉が本物なのかを確かめる必要があった。そこで、面倒を見ていたミコトさんに〈賢者の石〉を少量服用させることにしたんです。もちろん、自分で少量服用してみて決定的な毒性がないことは確認済みだったのでしょう。そして毒性がないのであれば、〈賢者の石〉としての治療効果が期待できる可能性も高くなる――」

アヴィケンナが望む〈賢者の石〉の治療効果――それは当然、不治の病の完治だ。

「最初は人体実験だったのかとも思いましたが、あなたの様子からそれはないと判断しました。僕の見た限り、あなたは本当に、ミコトさんを気遣っていました。きっと、余命幾ばくもない彼女のために何かしてやれることはないかと最大限に考えての行動だったのでしょう」

いずれにせよ、ミコトを救える可能性があるとしたら、それは〈賢者の石〉以外にありえないので、彼女に得体の知れない錬金術の成果物を与えたのは、ある種の賭けではあったのだろうけれども……。

「これは僕の想像に過ぎませんが、きっと凄まじい葛藤だったはずです。己の存在を左右する『〈賢者の石〉が本物か否か』という命題がそのまま反転して『ミコトさんを救えるか否か』という問題に直結してしまったのですから」

　アヴィケンナの様子を窺う。

　彼女は俯いたまま、湯気を立てている黒褐色の液体をじっと眺めていた。何か反論の一つでもあるかと思ったが、黙して語らない。それを肯定と受け取り、再びコーヒーを呷ってから空洞淵は続ける。

「そして今日、あなたとミコトさんの人生を懸けた命題が、一つの解を持ちました。それが――〈賢者の石〉が本物であった、という解です。それはつまり、あなたが完全に錬金術師を逸脱してしまった、ということに他なりません」

　論理的帰結により導き出された結論を告げる。そこで、ようやくアヴィケンナは顔を上げた。眼はどこか虚ろだったが、口元はここまで来てもなお不気味なまでに歪んだ弧を描いている。

「――なるほどなるほど。キリコくん、きみの話はとても理に適っている。確かに、その流れならば結論はそれしかあり得ない。私が『錬金術師を超越した存在』か……。面白いね、実に面白い。しかし、仮にきみの導き出した結論が正しかったとして、だ。きみは何がしたいのだ？　長々と私にそんな仮説を話したところで、きみに一体どんなメリットがあるというのだ？」

　まるで挑発するような口調。アヴィケンナからすれば、それは大きな疑問だろう。わざわざそんなことをするメリットなど、空洞淵には何もないのだから。

　そんな当然の疑問に、空洞淵は平然と答える。

「ですから、初めに言ったはずです。――あなたを救いたい、と」

　ようやくここからが本題だった。

「ここまでの話はすべて本題への繋ぎでしかありません。いいですか？　もしも僕の仮説が正しかったとするのならば、あなたは本当に何の前触れもなく突然、〈賢者の石〉という悲願を達成してしまったことになります。おそらく最初はとても嬉しかったはず。何せ長年の研究がついに実を結んだわけですからね。しかしそれと同時に、あなたの人生そのものが否定されてしまったと言っても過言ではない」

　だから――、と前置きをして、空洞淵はそれを告げる。

「だから、あなたの意思を伺いに来ました。もしも、〈賢者の石〉という悲願を達成し、神秘を再現できるようになった今の生活が本当に幸せならば、僕は黙ってここを去ります。しかし、かつての終わりなき虚しい研究に身を捧げるだけの日々に戻りたいと思っているのならば……。僕はあなたに憑いた〈感染怪異〉を祓うことができる最高の祓い屋を紹介しましょう」

「――なるほどね、そういうことか」

ようやく合点がいった、というふうにアヴィケンナは深く息を漏らし、しばらく何かを考えるように黙り込む。

空洞淵も無言のまま、アヴィケンナの言葉を待つ。コーヒーカップに手を伸ばすが、危うく取り落としそうになり両手で支えた。何故か一瞬力が入らなかった。

突然の変調に疑問を覚えていると、不意にアヴィケンナが口を開いた。

「……ところでキリコくん。きみが提示した後者の選択をしたら、私に祓い屋を紹介してくれるらしいが、この話はその祓い屋には通してあるのかな？」

わずかな頭重を覚えながら空洞淵は答える。

「――いえ、まだです。そもそも、このことは誰にも話していません。……あなたの意思を確認してからのほうがいいと思いまして……」

「ふむ。ということは、この話はきみしか知らないということだな」

「そう……なります、ね」

舌が上手く回らない。何故か身体がどんどん重くなる。再びカップを取り落としそうになったので、テーブルの上に戻す。

変調を来し始めている空洞淵をどこか楽しげに眺めながら、アヴィケンナは言う。

「最後にもう一つだけ聞かせてくれ。きみが今日ここに来ることを、誰かに話したかな？」

「……き、綺翠にだけは、伝えてありますけど……」

「綺翠、というのは、〈破鬼の巫女〉か。ならば、急いだほうがよさそうだな」

まるで夕食の内容を決めるような気軽さでそう告げて、アヴィケンナはパチンと指を鳴らす。

次の瞬間、空洞淵は全身の力が抜けて、ソファに倒れ込んでいた。

「……っ！」

何が起きているのか理解できない。

ただ全身の筋肉が弛緩し、指先一つ動かすことができない。金縛りに近い状態なのかもしれないが、なったことがないのでよくわからない。

アヴィケンナは、あまりにも優雅な仕草で立ち上がり、凄絶な笑みで身動きの取れない空洞淵を見下ろした。

「――以前、知り合いの薬師に、薬師に薬を盛るなら熱くて苦いコーヒーを用意しろ、と言われたがまさしくそのとおりだったな」

「……っ」

何を、と問い掛けたかったが、喉が引き攣れて声が出せない。

身体の自由が利かない代わりに、思考だけは極めて清澄だった。空洞淵は困惑を必死に押し込めて、思考を巡らせる。

しかし、経口摂取でかつ即効性があり、このような症状を引き起こす薬物などまったく心当たりがなかった。空洞淵の疑問を読んだようにアヴィケンナは嬉しそうに言う。

「ふふっ、そうだろう。きみには解らないはずだ。何故なら、こんな薬物は本来存在しないのだからな。これがね〈賢者の石〉の力さ。あれは不老不死の薬などではない。その本質は、術師の望みどおりの薬効を与える薬だ。不老不死を望むならば不老不死に、不治の病を治したいならばそれさえも治し、そして、きみを無力化したいと思えばこのような効果だって、簡単に実現できる。まさに夢の物質だ！」

狂気すら感じる恍惚とした表情で、アヴィケンナは空洞淵に馬乗りになった。

「〈賢者の石〉は素晴らしい！　錬金術師の悲願だ！　確かにきみの言うとおり、それまでの人生は否定されるが、この先に広がる無限の可能性が手に入ることを思えば、喜びこそすれ、悲しみを覚えることなどあり得ない！　私は人でありながら、人の身を超えたのだ！　ならば、さらに上を見てみたいと思うのは、研究者として当然だろう！　それを邪魔しようというならば、神でさえも許さない！　すべての障害は排除する！　キリコくん、きみに私怨はないが、きみの存在が私を再び人の身に堕とす可能性があるのならば、私はきみを排除する！　まったく、きみがお人好しで安心したよ！　まさか一人でここまで来てくれるとはね！　しかも、疑うことなくコーヒーも飲んでくれた！　きみは色々な意味で最高だ！　こんな出会い方をしていなければ確実に惚れていただろう！　だが残念ながら、きみはすでに私の中で危険人物として認識されている！　ここできみとはお別れだ！」

呼吸も荒く、頬を上気させながら、アヴィケンナは空洞淵の胸元にしなやかな指を這わせた。身体は動かないが、感覚だけは鋭敏で妙な心持ちだ。

胸元から首筋へ、蛇のように滑らかな指を滑らせていく。鋭利な爪がわずかに頸動脈に触れたとき、初めて本気で死を意識した。

アヴィケンナは壊れたように笑う。いや、もはや壊れているのかもしれない。

そこにかつての聡明さは微塵もない。しかし、それでも――アヴィケンナがどうしようもなく本気なのは何となく感じ取れた。アヴィケンナは、口の端を限界まで吊り上げて言った。

「それじゃあ、キリコくん。名残惜しいが、さようならだ。なに、心配することはない。今の私は〈賢者の石〉の効果で身体能力を飛躍的に向上させている。せめてもの情けで、苦しむことなく送ってあげるから――」

空洞淵の首に絡めた指に力を込めて――。

しかし、次の瞬間。

突然、リビングに轟音が響き渡った。

身の危険を察知したのか、猫のような俊敏さで、アヴィケンナは空洞淵の上から飛び退る。

いったい何が起こったというのか。空洞淵は、埃舞う室内へ必死に視線を巡らせて状況を見極めようとする。

リビングのドアが、何故かなくなっているのが見えた。

唖然とする空洞淵。舞い上がる埃の向こうに影が揺らめいて見える。

カラン、コロン、と耳に馴染んだ心地のいい桐下駄の音色が響く。

リビングの入口に、巫女装束に身を包んだ髪の長い女性が現れた。

「——まったく、つくづく怪異に縁があるのね」

呆れたような、しかしどこか慈しみにも似た情の籠もった優しい声が耳朶を震わす。

作り物めいて見えるほど整った顔に、あからさまな不機嫌さを滲ませながら、その女性——御巫綺翠は底冷えするような低い声で言った。

「——取り込み中、申し訳ないのだけれども、その人は私の大切な人だから、返してくれないかしら?」

アリスのお茶会に登場しそうなメルヘンチックなリビングに悠然と立っている巫女装

束の綺翠。本来、決して交わることのない異文化の中にあっても、綺翠はいつもどおり美しかった。

　まさかこの場に綺翠が現れるとは思っていなかったので驚くが、当の綺翠はまるで予定調和とでも言うように溜息を吐いて、ソファで力なく横たわる空洞淵を見やる。

「空洞淵くん、いったいいつになったら用心深くなるのかしら？　心配になって見に来て正解だったわ。帰ったら、またお説教ね」

　どこか楽しげにそんなことを言ってから、綺翠はアヴィケンナに向き直る。

　アヴィケンナは警戒心をむき出しにしながら、闖入者に応じる。

「――久しぶりだね、綺翠嬢。二年ぶりくらいだろうか。その後息災かな？」

「ええ、お陰様で。あなたはどうかしら、アヴィケンナ・カリオストロ」

「お気遣い痛み入る。私も私の加護と寵愛により無事重畳だ」

「そう、それは心外だわ」

　見えない火花を散らすような、一触即発の挨拶。

　不意に綺翠は一歩足を踏み出した。釣られてアヴィケンナは半歩下がる。

「どうやら空洞淵くんがお世話になったみたいね。お礼を言ったほうがいいかしら？」

「いやなに、礼には及ばないよ。私もキリコくんには色々と借りがあるからね」

「そう。ところで――あなた今、空洞淵くんに何をしようとしていたのかしら？　事と次第によっては、死ぬよりもつらい目に遭わせてあげるけれども」

「いやいや、誤解だよ綺翠嬢。これはあくまでも知的探求心に基づく行動であって、決して彼に害を為そうなどと不埒（ふらち）な考えを抱いていたわけではまったくないのだよ」

「――ふうん」

まるで射竦めるかのような半眼でアヴィケンナを睨（にら）む。

「別に何だって構わないわ。いずれにせよ、あなたの言うことを真に受けるつもりもなければ、あなたを許すつもりもないのだから」

それだけで、確実に周囲の温度が数度下がった。

武術の心得など一切持ち合わせていない空洞淵でさえも、はっきりとわかる剝（む）き出しの殺意。

自分の天敵とも言える祓い屋を前にして、さすがのアヴィケンナも余裕がなさそうに冷や汗を浮かべた。

「――さすがは綺翠嬢、噂に違（たが）わぬ容赦のなさだな。〈幽世〉のはみ出し者同士、あるいは仲よくやっていけると思ったのだがな」

「冗談。群れたらはみ出し者ではなく、ただの負け犬になるだけだわ」

「違いない。しかし、私は猫のほうが好きだな」

「あら、奇遇ね。私は猫が嫌いなの」

綺翠は、腰に帯びた小太刀を一息に抜き放った。

すらりと伸びた刀身が、部屋の明かりを反射して白く輝く。

「――祓(はら)へ給(たま)へ、清め給へ。守り給へ、幸(さきは)へ給へ」

謳うように、巫女は祝詞(のりと)を紡ぐ。

霊刀――御巫影断(みかなぎかげたち)。

御巫の巫女に代々伝わるこの霊刀は、綺翠が振るうことであらゆる怪異を断裂する、文字どおり、怪異の天敵とも呼べる代物だ。その威力は凄まじく、同業者であるはずのとある祓魔師(ふつま)にさえ「あの嬢ちゃんは怪異より怖い化け物だ」と恐れられるほど、絶対的な力を秘めている。

ただし、これほどまでに圧倒的な力を保持していながらも、綺翠がそれを誇示することは滅多にない。それは彼女が、基本的に公平な性格であるためだ。

元よりこの〈幽世〉という世界の半分は、怪異のために作られている。つまり、人間と怪異の共存が大前提なのだ。そのため、よほど人間や社会に迷惑を掛けない限り、彼女が怪異に対して霊刀を振るうことはないのである。

ただし、今回の件ではささやかな私怨が混在していそうだけれども……。

「――恐(かしこ)み恐みも白(まを)す」

奏上を終え、無形(むぎょう)の位(くらい)に小太刀を構えた綺翠は、摺(す)り足で一歩大きく踏み込む。

上体を微塵も揺るがせないその挙動は、さながら瞬間移動をしたような視覚効果を与える。対峙するアヴィケンナは、更に一歩半飛び退る。

「どうしたの？　そんなに離れていたら話もできないわ。もっとこちらに寄りなさいな」

普段の無表情からは考えられないほど楽しげな綺翠。空洞淵は経験則から、彼女が大変怒っていることを悟る。

額に小さな汗を浮かべたアヴィケンナは、綺翠の一挙手一投足に注意を払いながらも軽快に答えた。

「生憎と、そういう物騒なものをぶら下げている人間と話すときは距離を取るように、とご先祖様から言い伝えられていてね。よかったら仕舞ってくれないか？」

「残念。霊刀を一度抜いたら怪異を斬るまで納めるべからず、というのが代々の家訓なの」

「傍迷惑な一族だな」

「それはお互い様でしょう」

皮肉の応酬。一触即発の空気。大気が今にも弾けそうだった。

「――綺翠嬢、一つだけ聞かせてもらえるかな」

「何かしら？　冥土の土産に気が向いたら答えてあげてもいいけれども」

綺翠はどこか力の抜けた様子で応じる。緊張はしていない様子だったが、隙（すき）はまったくない。

「綺翠嬢。きみにとって、キリコくんとはいったいどういう存在なのだ？」

「家族よ」

わずかの逡巡（しゅんじゅん）もなく、綺翠は断言する。そのあまりにも迷いのない答えに、アヴィケンナは訝（いぶか）しげに綺翠を見やる。

「――御巫の一族は、〈幽世〉ができたときから代々この地に住むと聞く。しかし、キリコくんは〈現世〉の住人だ。血の繋がりもなく、本来住む世界も違うのに、何故そう言い切れる？」

「それはあなたには関係のないことだわ」再び綺翠はあっさりと答えた。「残念ね、初めに『二つ聞きたいことがある』と言っていれば答えてあげたのに」

答える気など毛頭ないであろうに、綺翠は不敵に笑う。しかし、アヴィケンナは気分を害した様子もなく肩を竦めた。

「なるほど相わかった。もう充分だ」

「そう、お祈りはもう済んで？」

「生憎と、祈る神は持ち合わせていなくてね」

「あら、それはいけないわ。神道（しんとう）に改宗なさい。神様なんてごまんといるわ」

「それは、有難(ありがた)味がないな」

「なら毎日神社へお賽銭(さいせん)を納めに来なさい。そうすれば、嫌でも有難味が湧いてくるわ」

「——なるほど、巫女殿が言うと含蓄があるな」

「信仰を売るのが仕事なの」

悪びれもせず飄々と答える綺翠。

アヴィケンナは苦笑を浮かべて靴のつま先をとんとん、と数回床に打ち付けて、ゆっくりと沈み込んだ。重心を下げた前傾姿勢をとる。戦闘態勢に入った肉食獣を彷彿とさせるしなやかな筋肉の流動。

対して、綺翠は先ほどとまったく変わらぬ無形の位。

動と静の対峙。時間が停止する。

身体が完全に弛緩しているはずの空洞淵でさえ、身が竦むような緊張感を覚える。

アヴィケンナの額に浮かんだ汗が、頬を伝(つた)い雫(しずく)となって床に滴(したた)る。

それを合図に、動と静の均衡が崩れた。

最初に動いたのはアヴィケンナ。爆発的なまでの脚力で地面を蹴(け)り、全身のバネを活用して最短距離を跳ぶ。右手を伸ばす。狙(ねら)いは綺翠の細い首。

対する綺翠は未だ微動だにしない。それどころか双眸を閉じてさえいた。いくら無形の位が後の先を取る構えだとしても、アヴィケンナの速度にはもはや追いつけない。

だが、アヴィケンナの爪がその白い喉に触れそうになった次の瞬間、綺翠は双眸を開き、流水を思わせる滑らかな歩法で身体の中心線をずらした。たったそれだけの動作で、アヴィケンナの狙いが外れる。すでに空中にいるアヴィケンナは、この動きに対応できない。

綺翠は刀を振るう。

右手に構えた霊刀がアヴィケンナを斬り捨てる瞬間、視界が揺らぐ。

現実が、書き換えられる——。

一呼吸置いて、人知を超越した錬金術師は、床に頽れた。

二人の戦いに圧倒される空洞淵。

しかし綺翠は、涼しい顔で納刀すると、何事もなかったように空洞淵の元へ歩み寄ってくる。

「空洞淵くん、お待たせ。怪我はないかしら」

相変わらず身体は動かず、声も出せないため、視線だけで無事を知らせる。

「もしかして、毒でも盛られたの？」

瞬きで肯定を示す。

「——そう、それは難儀ね。でも安心して。それは一時的なもので、後遺症も残らず完治するはずだから」

何故そんなことが言い切れるのか。問い質したかったが、今はそれも難しい。

「……迎えが来るまで、まだ時間があるわね」

呟いた綺翠は、何の脈絡もなく、空洞淵が横たわるソファのすぐ隣に腰を下ろす。そして空洞淵に何の断りも入れることなく、彼の頭部をわずかに持ち上げると、ソファと後頭部の隙間に自らの太ももを滑り込ませたのだった。

所謂――膝枕という状態なのだろうか。

抵抗もできず、されるがままの空洞淵。後頭部の感触は温かく、そして柔らかかった。そのままの体勢で、綺翠は空洞淵の額をそっと撫でた。ひんやりとした彼女の手が大層心地よい。綺翠は慈愛に満ちた柔らかい笑みを浮かべて空洞淵を見つめる。

包み込むような優しさに、空洞淵は眠気を催した。

「――大丈夫。すべて上手くいったから。安心して、今はお休みなさい」

子守歌にも似た、穏やかな調べ。

空洞淵はゆっくりと眠りに落ちていった。

8

長雨とそれに伴う冷え込みの影響から、街では一足早めの風邪が流行り始めていた。

空洞淵は、ひっきりなしに伽藍堂へやって来る患者の対応や往診に追われ、目が回るような日々を送る。

そしてようやく人心地ついたと思った頃には、例の錬金術師騒動から一週間が経過していた。

午前中の患者対応を終え、穂澄が持たせてくれたおにぎりを食べながら、束の間の昼食休憩にあの日のことを思い出す。

アヴィケンナ邸で意識を失った空洞淵は、結局そのまま翌朝まで眠り続けた。御巫邸の客間で目を覚ましたときには、すっかりと身体の不調も収まり、むしろ肩凝りなども取れてまえよりも調子がいいほどだった。

朝食の席で、空洞淵はその後のことを少しだけ綺翠から教えてもらった。

意識を失った空洞淵を神社まで運んでくれたのは、紅葉らしい。

どうやら事情を察して、金糸雀が予め手配をしてくれていたようだ。月詠に纏わる因果は千里眼の対象外だが、それでも空洞淵が関われば、多少は千里眼も働くのだそうだ。言われて、吸血鬼騒動のとき止むなく空洞淵が吸血鬼化してしまったことがあったが、そのときもまるで展開を予想していたように金糸雀が手を貸してくれたことを思い出す。もっとも、具体的に金糸雀がどう手を貸してくれたのかまでは、何故か誰も教えてくれないため知らないのだけれども。

ちなみに紅葉は、外出の際、謎の巨大な鉞(まさかり)を背負っていることからもわかるように、あの矮軀(わいく)からは考えられないほどの力を持っている。そのため空洞淵の一人くらい楽に運べるのだろうけれども、メイド服を着た小柄な少女に片手で神社まで運ばれている自分の姿を想像すると気が滅入るので、あまり深くは考えないことにする。

アヴィケンナのその後も尋ねてみたが、綺翠はいつもの無表情であまり多くは語らず、「——彼女は本気じゃなかったわ」と意味深な言葉を残すだけだった。

本当は、何故、空洞淵の飲まされた毒が一時的なものだとわかったのか、など色々と聞きたいことはあったのだが、あまり語りたがらない様子だったので、空洞淵もその場は引き下がった。時間のあるときにでも自分で考えてみて、それでもわからなかったのならまたそのときに聞けばいい。

それからは前述のとおり目が回るほどの忙しさであったため、この件について考えをまとめる暇(いとま)もなかった。

ただ、往診で街へ行ったとき、一度ミコトと出くわした。ミコトはもうすっかり元気な様子で、流行りの風邪など何のそのという様子で健康体を満喫していた。

少女は、アヴィケンナがあの日以来一度も様子を見に来てくれないと、少し寂しそうだった。事情を知っている空洞淵は、きっと風邪でも引いたに違いない、と強引に少女を納得させることしかできなかった。


さて、ようやく空いた身体で、食後の気怠さに任せてのんびりとお茶を飲みながら、先の錬金術師騒動について思索を巡らせる。

やがて朧気ながら、かの錬金術師がやろうとしていたことに思い至る。

しかし、今さら気づいたところでもう遅い。あるいは早くこの事実に至っていれば、もっと上手く立ち回れたのに、という後悔ばかりが湧いてくる。

かの錬金術師には悪いことをしてしまった、と悔やんでいると、唐突に入口の引き戸が勢いよく開かれた。

「やあやあ、キリコくん！　久しぶりだなあ！　かれこれ一週間ぶりくらいか！　元気にしていたかね？　そうかそうか、それは何よりだ。長雨が終わったかと思ったら、勇み足の冬将軍がもうすぐそこまで来ているではないか。寒いのは苦手だからまったく憂鬱だよ。冬は引き籠もるに限るね。おお、そういえば、お土産にクッキーを焼いてきたぞ。よかったら、ホズミくんと食べてくれ。うん？　このクッキーを警戒してるのかい？　なに、変なものは何にも入っていないから安心したまえ。それとも味の心配か？　それも安心するといい。錬金術はキッチンから生まれたなんて言葉もあるように、錬金術師は基本的に料理上手な人間が多いのだよ。私も例に漏れず、お菓子作りは得意中の得意だ。味のほうは胸を張って保証しよう」

あまりにも脈絡なくすごい勢いで捲し立てられたものだから、空洞淵は呆けてしまった。そもそも、まさかアヴィケンナが自らこの場に姿を現すなどとは夢にも思っていなかったのだから仕方がない。

だが、いつまでも呆けたままではいられない。戸惑いを散らすように、深呼吸を一つ。心を静めて、空洞淵は来客――アヴィケンナ・カリオストロを迎え入れる。

「――いらっしゃい。お久しぶりです」

「うむ、お久しぶりだな！」嬉しそうに不健康そうな隈のある双眸を細める。「ふむ、忙しくないようならお邪魔しても構わないかな？」

「ええ、どうぞ。最近少し忙しかったので、散らかっていますけど」

「なに！　綺麗なものさ！　私の研究室なんて足の踏み場以外の足の踏み場がないぞ！」

それはきっと胸を張って言うようなことではないと思ったが黙っておく。

アヴィケンナは、ところどころにフリルがあしらわれたチョコレート色のワンピースに白衣を羽織っている。以前、可愛い服が好きだ、というような話をしていたが、多少は自分の服にもその趣味は反映されているらしい。

相談机に座ってもらい、手早くお茶を用意する。

その間も彼女は、上機嫌に一人で話し続けた。

要約すると、あの日綺翠に〈感染怪異〉を祓われてから、名実ともに錬金術師に戻ったので、今日までひたすら研究に没頭していたのだとか。

「おかげさまで、また無為で虚しい研究を続ける日々さ！」

アヴィケンナはとても楽しそうに愚痴を溢(こぼ)す。

「それでまあ、今日ようやく一段落付いたのだが、よく考えてみたら色々ときみに言っておかなければならないことがあると気づいてね。こうして菓子折を持って参上仕(つかまつ)ったという次第だ。悪かったね、こんなに時間が空いてしまって」

「いえ、気にしていません。それよりも、カリオストロさんが元気にしてることがわかってよかったです。綺翠に斬られたあと、ぴくりとも動かなかったので少し心配していました。綺翠に聞いても結局どうなったのか教えてくれませんでしたし」

アヴィケンナは「ああ……」と呟き、思い出したくないことを思い出してしまったように顔を顰(しか)める。

「……正直なところ、あのときの綺翠嬢はかなり怖かったね。斬られたときは死んだと思ったよ」

肩を抱いて身震いをする。

確かにアヴィケンナの言うことはもっともだったが、実際のところ、〈感染怪異〉の場合は、あの刀の一撃で死ぬことはない。

破鬼の巫女に代々伝わる、霊刀〈御巫影断〉は、怪異や神秘のみを現実から切り離す、という特性を持っている。〈感染怪異〉は、人間が〈鬼人〉と成ってしまったものなので、霊刀の一太刀を浴びると感染している怪異のみが切り離され、ただの人間に戻ることができるという。

ただし、これが金糸雀や槐（えんじゅ）などのような〈根源怪異〉の場合、問答無用で存在そのものを消し去ってしまう恐れがあるので注意が必要なのだそうだ。もっとも、長い歴史を持つ〈根源怪異〉は、例外なく強力な怪異のため、簡単には祓えないらしいが……。

「――いずれにせよ、だ」

気を取り直すように緑茶を一口含んでから、アヴィケンナは言う。

「きみには色々と迷惑を掛けたな。すまなかった」

「よしてください。元はと言えば、僕が勝手に首を突っ込んだだけですし。そもそもあなたの計画を台なしにしたのは僕です。あなたに非はありませんよ」

　アヴィケンナは狐に摘まれたような顔をする。それから、どこか気まずげに頬を掻きながら、

「——やはり気づいていたのか」

「気づいていた、というか、結局気づいたのはついさっきなんですけど。もう少し早く気づいていれば、僕ももっと上手く立ち回れたと思うのですが……」

「いや、なに。それこそきみが気にするようなことじゃないさ。計画の不備はこちらの責任だ。まあ、さすがにあれは想定外だったがね」

　わざとらしく大きく肩を竦めてから、いつものチェシャ猫のような笑みを浮かべて、相談机の上に身を乗り出す。

「せっかくだ！　このまえみたいにきみの思考過程を聞かせてくれないか！　あれはなかなか得難い経験だった！　まるでミステリの犯人になった気分さ！」

　空洞淵は苦笑を浮かべてから、彼女の提案に乗ることにした。

「——わかりました。乗りかかった舟です」

　お茶を飲んで唇を湿らせる。

「カリオストロさん——あなたは、初めから綺翠に〈感染怪異〉を祓わせるつもりだった。そして、そのために僕と穂澄をミコトさんのところへ連れて行った。違いますか？」

問い詰める空洞淵の視線。しかし、アヴィケンナは飄々と躱す。

「さあ、どうだったかな。なにぶん、昔のことだから曖昧だ。とりあえず、その前提で話を続けてみたまえ」

わかりました、と空洞淵は続ける。

「まず疑問に思ったのは、カリオストロさんが僕らをミコトさんに引き合わせた理由です。一見ただの気まぐれのようにも思えましたが、何かを期待されていたような気がしてならなかったんですよね。つまり、その行動には何らかの意味がある。しかし、それがわからなかったので、一旦〈気まぐれ〉ということにして思考を保留しました。そして、先ほど改めて思考を進めてみて、ようやくその意味に気づきました。おそらくあなたは、僕にミコトさんへの投薬を止めてほしかったんですね？」

その指摘に、アヴィケンナは口元を歪め、溜息にも似た笑みを零す。

「あなたは錬金術的な手法で作られた〈賢者の石〉が、水銀化合物であることを知っていたんです。当然、その水銀化合物に毒性があることもね。ただし実際にあのときの〈賢者の石〉は、錬金術を超越して作られた普通の水銀化合物とは一線を画するものだったわけですが……。しかし客観的な、そして化学的な見地からすれば、あれは明らかに毒性のある代物です。あなたは、化学者である僕がそれに気づくことを期待していた。だから、それをミコトさんに与えているところを目撃させて、止めさせようとしたんです。余命幾ばくもない病人に毒物を与えているのですから、薬師の僕ならば絶対に止めるはず——あなたはそう睨んだ」

アヴィケンナは何も答えない。ただ至極落ち着いた様子でお茶を飲んでいた。

「では、投薬を止めさせることに何の意味があるのか……。この部分は少々複雑になるので、丁寧に段階を踏んで説明していきましょう。まず——僕はあなたに投薬の中止を求める。しかし、あなたはそれを拒否する。理由などいくらでもでっち上げられますね。いっそのこと『〈賢者の石〉に不可能はない』というような暴論でもいい。僕は錬金術に関してはずぶの素人（しろうと）です。強くそう言われてしまったら、その場は引き下がらざるを得ない。しかし、見て見ぬ振りをすることもできない。仕方なく僕は、神社へ戻り、綺翠に相談を持ち掛けます。『錬金術師が余命幾ばくもない少女に毒物を与えている』と。おそらくその場合、綺翠は押っ取り刀で駆けつけて、あなたの〈感染怪異〉を祓うことでしょう。結果として、投薬が中止となり一件落着——という筋書きだったのだと思います」

「——面白いね。まるで見てきたように言う」アヴィケンナは不敵に笑う。「確かに、きみの言う展開は、充分にあり得るものだろう。しかし、実際にその展開が起こっていたら、ミコトはどうなるのだ？　客観的には、彼女に毒を与えているようにしか見えなかったのだとしても、実際には〈賢者の石〉を与えていたのだ。それを突然止められたら、ミコトの身体に支障を来すのではないか？」

「おっしゃるとおりです」空洞淵は深々と頷いた。「僕の考えが正しければ、あなたの行動は矛盾していることになります。ミコトさんを助けるために〈賢者の石〉を与えていたはずなのに、何故僕にそれを止めさせようとしたのか――。結局、その本質的な答えが見えてこなかったからこそ、今日までその真意に気づけなかったわけですが……」

改めてアヴィケンナを見据えて、空洞淵はさらに話を進める。

「少しだけ、過去の話をしましょう。これは僕の想像ですが……。あなたは人から伝えられる形で、半ば偶然にミコトさんの存在を知りました。そして彼女の世話をするうちに情が移り、やがて彼女を救いたいと願うようになった。しかし、彼女はもうどうしようもないほど末期の状態だった。あまり長く生きられないことは誰の目にも明らかだ。きっと〈現世〉の最先端医療を施しても、彼女を救うことはできなかったはずです」

何も答えずに、錬金術師は薬師を見返していた。

「もはや彼女を救うには、奇跡に縋るしかない。ところが、錬金術師であるあなたには、どうあっても奇跡を起こすことができなかった。そこであなたは、化学者の延長としての錬金術師という自身の矜恃を曲げてまで、錬金術師を超越した存在になる、という決意を固めたのです。〈賢者の石〉を本当に作るために」

本来、錬金術師は、〈賢者の石〉に至ることができない。それこそが、アヴィケンナが望む錬金術師の在り方だったはずだ。だが、死に瀕した少女を救うために、自身の生き方すらも擲った。その覚悟は、どれほどのものだっただろう。

「あなたは街の人たちの問題に介入し、化学的アプローチでそれらを解決することで、自身の名前と〈錬金術師〉という存在を少しずつ浸透させていった。〈現世〉ならばまだしも、この世界では〈錬金術師〉という存在はまだまだマイナーですからね。丁寧に、しっかりと〈錬金術〉の誤ったイメージを流布していった。その結果あなたは、あなたが目指していた〈錬金術師〉を超越した存在として、認知されていきました」

八百屋の店主を助けたのも、すべてはミコトを助けるための布石だった――。

「そしてついに二週間ほどまえ、その認知の数が閾値を超えて、あなたは『錬金術師を超越した存在』という〈感染怪異〉を獲得し、見事〈賢者の石〉の作製に成功しました。そこまでは、当初の計画どおりだったはずです。ところが、ここで予想外の問題が発生しました。〈賢者の石〉が、想定していたよりも効果を発揮しなかったのです」

アヴィケンナの睫毛が、ピクリと震える。

「考えてもみてください。もし、本当に〈賢者の石〉が完成していたのであれば、一週間も服用を続けたミコトさんはもっと元気になっていていいはずです。しかし、僕が見た時点でも彼女はほとんど瀕死の状態だった。もちろん、服用を続けていたミコトさんからすれば、多少は改善がみられていたのでしょうけれども、それもささやかなものでした。では何故、〈賢者の石〉は完成したのに、思うとおりの効果を発揮しないのか――。それは、あなた自身が無意識下で、錬金術師を超越することを拒んでいたからです」

錬金術師であることに強い拘りを持っていたアヴィケンナ。

だから、たとえ理性ではミコトを救うためにその拘りを捨てなければならないとわかっていたとしても、無意識にそれを拒絶していた可能性は十分に考えられる。

本来であれば、〈感染怪異〉は本人の意思とは無関係に、その在り方を変質させてしまう。ところがアヴィケンナは、自身が錬金術師である、という強い自己認識によって、その変質に抗っていたのだ。

強い自己認識によって自身を〈鬼人〉に変えてしまう例があるというが……今回はその逆の現象が起こっていた。

常人であればあり得ないことだが……ことアヴィケンナ・カリオストロという特別な人間であれば、そのようなことが起こったとしても不思議はない。

「つまりあなたは、錬金術師を超越していながらも、錬金術師であり続けるという、ある種、重ね合わせのような状態にあったのです。そのために、成果物である〈賢者の石〉も本来の効能を発揮できなかった――。あなたの〈賢者の石〉は、未完成だったのです」

錬金術師は何も答えない。ただ黙って湯飲みを見つめている。

「一日でも早く、〈賢者の石〉を真の意味で完成させなければ、ミコトさんの命が危うい。しかし、あなたが〈錬金術師〉であろうとする意思はあまりにも強力だった。それはもはや〈呪い〉と呼んでも差し支えないほどに。いったいどうすれば、自分自身を納得させられるのか。あなたは悩み、そして答えらしい答えが出ないまま、時間ばかりが過ぎ去っていった」

アヴィケンナの目元に濃く浮かんだ隈――。きっと寝る間も惜しんで考え続けていたはずだ。

「そんなとき、奇跡的な偶然から僕という少々特殊な人間と出会った。僕が吸血鬼騒動に関わったことをご存じだったのですから、おそらく僕が御巫神社に住み着いているという噂程度は聞いていたはず。そこであなたは、この偶然を利用して、すべての問題を解決するための天才的な計画を思いついた……。つまり、錬金術師を超越してしまったらもう戻れないから無意識のうちにそれを拒絶していたわけであり、錬金術師を超越してもその〈感染怪異〉を確実に祓ってもらえるという確証さえ得られれば、無意識の拒絶も消失するのではないか――と。あなたはそう考えた」

〈賢者の石〉を完成させることでミコトを救い、さらにその後、自身も元の錬金術師であり続けられるという、理想的な結末をもたらす計画を、空洞淵と出会った瞬間に思いついたのだ。

少々不適ではあるが、あえてミステリにたとえるならばこれは、ある種の完全犯罪だ。〈感染怪異〉に起因してもたらされた結果を〈犯罪〉と仮定した場合、アヴィケンナは見事、〈犯罪〉をやりおおせて、最終的に〈錬金術師〉という〈犯人〉をこの世から消し去っている。

〈犯人〉不在の〈犯罪〉は、未来永劫暴かれることがない――。

つくづく彼女が、善良な存在であってよかったと感じる。

今から思えば、最初から布石は打たれていた。

アヴィケンナは空洞淵に対して、錬金術師というものはあくまでも化学の範疇を超えないものなのだと言い含めた。錬金術師は、あくまでも在り方なのだと強調し、街の人たちへ語ったこととは、真逆の説明をした。

何故なら、空洞淵には自分がただの化学者であると思っていてもらわなければ、すべての計画が頓挫してしまうのだから。

「ところが、完璧に思われたあなたの計画は、また想定外の部分で躓いてしまいました。それは、僕があなたを止めるどころか、静観を決め込んだことです。これは偏に、〈賢者の石〉の化学的な主成分である硫化水銀が、漢方では薬として利用されることがあるという皮肉な偶然のためです。東洋医学に詳しくないカリオストロさんがこの事実を知らなかったのも無理はありませんが……あまりにも不運な偶然でした。このため僕は、あなたがあくまでも化学的にミコトさんの治療をしているのだと認識してしまった。つまり僕が、あなたの計画を台無しにしたんです」

それがいいことだったのか悪いことだったのか。

今となっては、どちらとも言えない。

ただ——結果的には、アヴィケンナが思い描いたとおりになった。

「あなたは落胆したことでしょう。完璧だと思っていた計画が失敗したんですから。ところが仕方なく、計画を練り直そうとしていたその翌日——何故かまた僕がのこのこ現れた。そして、話を聞いているとミコトさんが奇跡的な完全回復を果たし、おまけに僕が何やら頓珍漢なことを言いながら、あなたの〈感染怪異〉を祓うなどと言っているではありませんか。おそらく初めは訳がわからなかったことと思いますが、あなたはすぐに、どうやら当初の自分の計画に近いことが起きているらしいことを察しました。そこで一芝居打って、僕を襲っているところを綺翠に目撃させることにしたんです。そうすれば確実に斬り捨てられると踏んだのでしょう。そしてあなたの計画は——見事成功した」

そこでようやくアヴィケンナは、にぃ、と悪戯を咎められた子供のように無邪気に微笑んだ。

「九割方正解だ。さすがだね、キリコくん。これがミステリならば、私は今頃、滂沱の涙を流しながら動機について語り始めているに違いない」

「ミステリに詳しくないのでよくわかりませんけど……それならばミステリじゃなくてよかったです」

空洞淵も苦笑を返した。

「とにかくあなたは、当初の予定とは多少ずれたものの、最終的には自分の望んだ未来をすべて手に入れることに成功しました。——尊敬に、値します」

「それは過大評価だよ、キリコくん」口元を歪めて肩を竦める。「実際、私の計画なんて杜撰なものさ。偶然に身を任せた部分も多い。本物の天才ならば、偶然さえも操ってそれこそ完璧な計画を立ててるはずさ。私のそれは行き当たりばったりのアドリブ劇だよ。何とか最低限決められたエンディングにことを運べたに過ぎない」

それからアヴィケンナは、湯飲みを相談机の上に戻して、どこか楽しげな視線を空洞淵に向けながら尋ねた。

「それにしても——何故わかったんだい？　証拠らしい証拠は残さなかったはずだが」

「証拠、というほどのものではありませんが、一つだけヒントがありました。綺翠があなたと対峙したとき、あなたが本気ではなかった、と言っていたんです。あの綺翠を前にして、本気を出さないなんて、初めから勝つ気がないとしか思えません。つまり、負けることが目的だった、と考えられるわけです。そこから逆算して思考を展開しました」

「……やはり、彼女には見抜かれていたか。まあ、詮ないことだ。アレは色々と常軌を逸しているからな。おそらく私のささやかな計画など、対峙した瞬間、すべてお見通しだったことだろう」

　参った、というふうに後頭部を撫でた。それから、結われた芦毛の尾を一撫でする。

「そう言えば、一つだけどうしても腑に落ちないことがある。きみの説明を聞けばあるいは、と思ったのだが、どうにも納得がいかない」

「なんでしょうか？」

「ミコトが、きみたちと引き合わせた翌日に、突然完全回復したことだよ」

　アヴィケンナは再び湯飲みを手に取り啜る。

「確かに、ミコトは徐々によくなってはいたが、いきなり回復するのは明らかにおかしい。間違いなく、〈賢者の石〉が完全に作用した結果だろう。最初に話を聞いたときは、実は私の〈感染怪異〉自体がまだ不完全な状態で、認知の数も閾値に到達していなかったところ、キリコくんに知られたことで閾値に到達して、〈錬金術師の超越者〉という〈感染怪異〉が覚醒した——などということも考えたのだが、どうやらそれも違うようだ。何故なら、そもそもきみは結局のところ、私を〈錬金術師〉——つまり、ただの人としても、その認知が閾値に到達することはない。そして、ホズミくんはおそらく我々の話が理解できていなかったと思うので、きっと私のことは、『泥水コーヒーの人』くらいにしか認識していないだろう。つまり、今回の一件で、少なくとも私に対する認知の総数に変化はないはずなのだ。にもかかわらず、私の能力は覚醒し、〈賢者の石〉はミコトを完治させた……。いったい何が起きていたのだ？」

　空洞淵を試しているわけではない。おそらく彼女は、心底そのことを疑問に思っているのだろう。眼鏡の奥から、好奇心に満ちた眼差し（まなざし）を向けてくる。

　空洞淵は口元に手を添えて、考える。

「……確かにこの一件で、認知の総数に変化は見られないように思われます。しかし、実際にこの日を境にあなたの能力が覚醒したのであれば、それは〈感染怪異〉を強化する何らかの認知の変化があったはずです」

「しかし、きみはあくまでも私を化学者の延長線上の〈錬金術師〉として認識していた。ならば、いったい誰の認知が変化したというのだ？」

「そうですね、消去法で考えれば、答えは明らかです」

　言葉を切り、それから人差し指でその人物を指差す。

「――あなたですよ、カリオストロさん」

たったそれだけの仕草、それだけの言葉に、しかしアヴィケンナは愕然とした表情を浮かべる。

「簡単な引き算です。この一件に直接的に関わっているのは四人。カリオストロさん、僕、穂澄、それからミコトさんですね。この中で、ミコトさんはあなたを〈錬金術師の超越者〉と認識していた。穂澄は先ほどのとおりで、そして僕は正確にあなたを〈錬金術師〉として認識していた。ならば残っているのは――カリオストロさん、あなた自身です」

「ちょ、ちょっと待ってくれ！　私はいつだって自分のことを〈錬金術師〉だと思っているぞ！」

慌てて反論するアヴィケンナ。しかし、空洞淵は静かに首を振る。

「残念ながら、これが論理的帰結です。確かにあなたは〈錬金術師〉であることに誇りと矜持を持っていました。〈感染怪異〉に抗うほどの強い認識ですから、これはもう疑いようのない事実と見てよいでしょう。ところが、その認識が不覚にも揺らいだ瞬間がありました。それが――あの日です。僕があなたに、ミコトさんへの投薬を中止するよう求めなかった、という一つの事実に対して、自分は空洞淵霧瑚に〈錬金術師の超越者〉だと認識された、と認識してしまったんです。実際のところ僕は、ちゃんとあなたを〈錬金術師〉だと認識していたわけですが……。あなたの視点からは、そう見えなかった。あなたからしてみれば、僕が投薬の中止を求めない、ということは僕が不可能を可能にする神秘の物質である〈賢者の石〉の存在を認めたことにほかならないわけですからね。そしてその結果、計画の失敗とささやかな失望から、自身に対する強烈な自己認識が揺らいでしまった……」

「では、最後の一押しをしたのは――」

「どうしようもなく……あなた自身だったんですよ」

空洞淵は静かに目を伏せる。

「結局のところ、いつだって自分の限界を規定するのは自分自身なんです」

空洞淵にも覚えがある。〈現世〉にいた頃、現代医療の在り方を見て、自分の無力を悟ってしまった。否、自分を見限ってしまったというほうが正しいか。

本当に真面目に、そして真摯に医療行為に従事できていたかと聞かれたら、自信を持って頷くことができない。

あるいは、この世界に飛ばされて、たくさんの経験をした今ならば、〈現世〉の世界の見方やそこでの考え方も変わるのだろうか――。

今では、後の祭りなのかもしれないけれども。

しばし二人とも無言で俯いていたが、不意にアヴィケンナが提案した。

「よかったら、少し外へ出ないかい？　ここは禁煙だろう？」

どうやら煙草が吸いたいらしい。空洞淵は頷いて、店の外に出る。

外は雲一つない快晴だった。乾いた風は冷たいが、長広舌で火照った身体には心地よい。

アヴィケンナは、白衣のポケットから取り出した煙草を咥えてマッチを擦る。

火の点いた煙草を美味そうに燻らせる錬金術師を見ていたら、気になっていたことを思い出した。

「そういえば、カリオストロさんは、そもそもどうしてミコトさんの世話をすることになったんですか？　確か、知り合いから引き継いだという話だったかと記憶していますが」

「ああ、そのことか」何ということもない、というふうにアヴィケンナは紫煙を吐く。「宝月女史からの紹介でね。彼女がしばらく街を離れるというから、それで引き継いだのさ。彼女には色々と世話になっていたから、最初は義理立てのつもりだったが……いつの間にかすっかりミコトに入れ込んでしまったというわけさ」

宝月、という苗字は〈幽世〉へ来て初めて聞いた気がする。

「宝月さんというのは、あなたと同じ錬金術師だったんですか？」

「あれ？　知らないのかい？　今きみが開いている伽藍堂の店主だよ」

「え、燈先生ですか？」

驚いて思わず目を丸くする。そういえば、これまで名前しか聞いたことがなかったと思い出す。

それは燈先生と呼ばれ、皆に親しまれていた極楽街唯一の薬師だった人だ。空洞淵が〈幽世〉へやって来る一ヶ月ほどまえに突然姿を消してしまったのだと聞いている。おまけにどうやら、裏で月詠とも関わっている可能性があり、空洞淵としてもとても気にしている存在だ。

わずかに胸騒ぎを覚えながら、空洞淵はさらに尋ねる。

「えっと、燈先生とは、お友だちだったんですか？」

「友だちというほどでもないがね。たまに気まぐれに酒を酌み交わすくらいの仲さ。色々謎の多いやつだったが……まあ、嫌いではなかったよ」

どこか懐かしむように目を細めて紫煙を吐く。

「そう言えば、宝月女史とは酒を飲みながらよく星を眺めたな」

「……星を？」

「うむ。どういうわけか、彼女は医療だけでなく天文学にも造詣が深くてな。私も錬金術師としてそれなりに天文には明るいから、星を眺めながらよく語らったものさ」

星……と呟きながら、空洞淵は天を仰ぐ。残念ながら日中の今はまったく見えなかった。考えてみたら、〈幽世〉へ来てから夜空を眺めても星にはあまり着目をしていなかった気がする。月がやたらと綺麗に見えることには気づいていたけれども――。

「星を眺めていたら、色々と面白いことがわかってね。たとえば、この〈幽世〉が異世界であることは疑いようもない事実だけれども、その場合、星座はどうなると思う？」

どう、と聞かれても考えたこともないので上手く答えられない。

星座というのは、地球から見た遠くの恒星を、天球上の二次元に落とし込み、線で結んだものに過ぎない。つまり、異世界であれば当然まったく異なる星空になり、必然的に地球の人類が思い描いているような星座も見えなくなるはずだが……。

「ところが、〈幽世〉の星空は、地球のそれと極めてよく似ているのだ。たとえば、黄道十二星座はそのほとんどが形を保ったままだし、天の川などもよく見える。ただし公転面や自転軸はずれているようで、まったく同じように、というわけにはいかない。北極星の位置もかなり違う。この中途半端な一致、奇妙だと思わないか？」

この異世界が、地球ではないことは疑いようもない事実だが、それを前提としても、星座まで似ているというのはどういうことなのだろうか。仮にそのように金糸雀が〈幽世〉を形作ったのだとしても、ならば何故、地球のそれと完全に同じように作らずに微妙にずれたものにしたのか。

考えたところで答えなど出るはずもなかったが、何故だか妙に気になった。

「以前、この世界の真理について面白いことがわかっているという話をしたかと思うが、それがこれさ。研究に値する、興味深い内容だと思わないかい？」

　口の端に煙草を咥えて、アヴィケンナは楽しそうに笑った。

　確かに、〈幽世〉という世界には謎が多い。

　空洞淵が突然連れて来られた理由も、依然として不明なままだ。

　いつかはそれらの謎の深淵（しんえん）にも踏み込んでいかなければならないとは思っているけれども……少なくともそれは〈今〉ではないような気がした。

　いずれ来るべきときが来れば、自然とすべてが明らかになる——そんな根拠のない予感があった。

　短くなった煙草を携帯灰皿に押し込んで、錬金術師は一度大きく伸びをした。

「——さて、長話をしてしまったね。せっかくの休憩時間を邪魔してすまなかった。そろそろ私は退散しよう」

「大したお構いもできず申し訳ありませんでした」

「何、気にするな。私が勝手に押し掛けたのだ」アヴィケンナは笑う。「コーヒーが飲みたくなったら、いつでも研究所へ遊びに来たまえ。そのかわり私も時々ここへ遊びに来てもいいかい？」

「ええ、いつでもどうぞ。僕もまたお邪魔します」

　とても嬉しそうに微笑んでから、アヴィケンナは白衣とポニーテイルを翻（ひるがえ）して歩いて行く。丸まった背中を見送っていたところで、また気になっていたことを思い出した。

「あ、カリオストロさん。最後に一つだけいいですか?」

薔薇の花を模った飾りがあしらわれたエナメル靴が止まり、錬金術師は首だけで振り返った。

「なんだい?」

「ずっと気になっていたことがあるんですけど」

「うん」

「カリオストロさんって――何歳なんですか?」

年齢不詳の錬金術師。妙に老成しているので年上にも見えるし、逆に妙に子どもっぽく見える瞬間もあるので年下にも見える。

予想外の質問だったのか、一瞬きょとんとするアヴィケンナ。しかし、すぐに極上の笑みを浮かべて身体ごと振り返ると、白衣のポケットから取り出した何かを空洞淵に向かって思い切り投擲した。

避けられるはずもなく、顔面に直撃する。柔らかい厚手の布に包まれているようだが、威力は充分にある代物だった。堪らず額を押さえて空洞淵は蹲る。

アヴィケンナは、まるで天使のような優しい声色で告げた。

「キリコくん、女性に年齢を尋ねると痛い目を見る、ということを一つ学習できたね」

空洞淵は何も答えない。より正確に表現するならば、悶絶中につき答えられない。

年齢不詳の錬金術師は、何事もなかったかのように美しく回れ右をして、

「それでは、ごきげんよう」

あくまでも優雅にそう言い残して、颯爽と去って行った。

五分ほど激痛に耐えていた空洞淵だったが、ようやく痛みが幾分和らいできたので立ち上がる。足下には、先ほど投擲された何かが無造作に転がっていた。

白い布に包まれたそれを拾い上げ、そっと広げる。

中に入っていたものは、赤黒い鉱石のような物体。

それは――数多の錬金術師が恋い焦がれた、刹那の夢の欠片だった。

本書は新潮文庫のために書き下ろされた。